瀚瀚珍本・盡現風華

風華【文化】

# 孫二娘日記
Diary

# 目錄
## contents
## 摘要

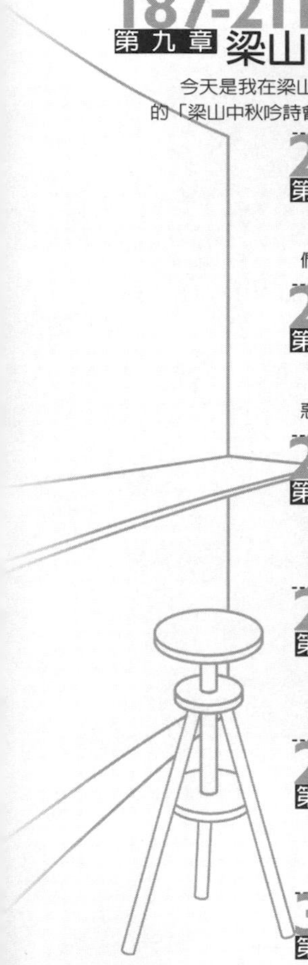

# 十字坡的第一桶金

隨著買賣的日益興隆，接踵而至的問題也出現了：今天一早，張青去城裡買肉，居然沒買著！我問他：「是不是牛二那傢伙不殺豬了？」

張青：「不是。」

我問：「那是不是肉價漲了？」

「也不是。」

我又問：「莫非官府不讓私宰，改雙向收費了？」

張青道：「不是，因為從大不列顛帝國來了一頭瘋牛，把咱們大宋的肉也感染了！』

啊，原來是瘋牛病來了。我又問：「那，牛羊豬不能買，雞鴨鵝呢？」

張青問我：「你知道什麼是禽流感嗎？」

## 水滸傳原文賞析

三個人奔下嶺來，山岡邊見個樵夫挑一擔柴過去。武松叫道：「漢子，借問這裡叫做甚麼去處？」樵夫道：「這嶺是孟州道。嶺前面大樹林邊，便是有名的十字坡。」

武松問了，自和兩個公人一直奔到十字坡邊看時，為頭一株大樹，四五個人抱不交，上面都是枯藤纏著。看看抹過大樹邊，早望見一個酒店，門前窗檻邊坐著一個婦人：露出綠紗衫兒來，頭上黃烘烘的插著一頭釵環，鬢邊插著些野花。

見武松同兩個公人來到門前，那婦人便走起身來迎接——下面繫一條鮮紅生絹裙，搽一臉胭脂鉛粉，敞開胸脯，露出桃紅紗主腰，上面一色金鈕。說道：「客官，歇腳了去。本家有好酒、好肉。要點心時，好大饅頭！」

# 孫二娘日記

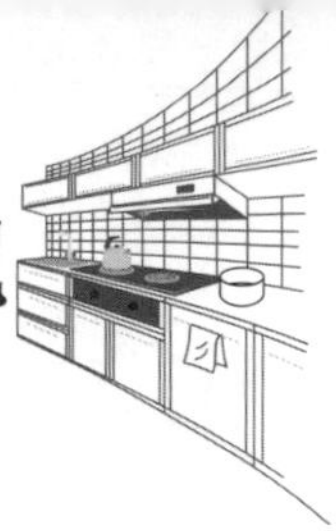

## 一一〇一年　正月二十　多雲

現在我的手上夾著一枝煙，一邊寫自己的Blog。十年前我拚命地學習抽煙，但是總是第一口就嗆了。那時候剛剛擺脫了私塾的折磨，對家裡以死相逼，取得了不纏腳的豁免權，同時有了自以爲是的愛情並且像流產一樣飛快流掉了。

抽煙也沒有什麼好學的，儘管剛開始我還對著銅鏡練習，甚至專門練習吐煙圈，但是不用多久，一起長大的李濕濕開始常常驚訝於我的鼻孔裡有許多焦油。後來我跟村裡抽煙喝酒的牛二、馬三、楊四混成了朋友，開始坐在老孫家的祠堂門檻上公開地抽煙，公開地無所事事。

## 正月二十一　雨

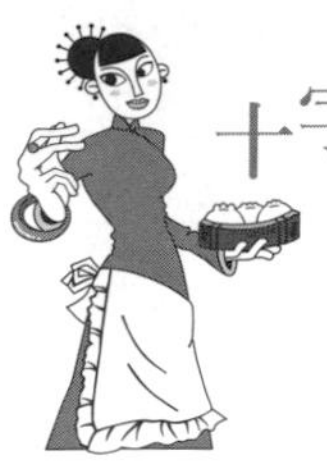

# 十字坡的第一桶金

一年之中總會與他不期而遇幾次。有時在樹林中，有時在碼頭，他的反應極其誇張，比如在十字坡驛道，他正悠然地騎馬過來，一發現我居然打馬掉頭往回跑。今天在客棧門口，等著雨停，他不經意扭頭看見我，馬上反射地彈到幾米之外。只有一次，他從容地從我身旁走過，因爲他露出紋身的手拉著一個看似女朋友的手。

我的存在是對他的傷害，原因只有一個，他是我的第一個。江湖人稱他「九紋龍」，興許，他經歷的女子愈多，還會在身上紋上更多的小蛇。

## 正月二十九　晴轉多雲

我有一個好聽的名字，在戶口名簿和身分證上，我叫孫悅。

按理我不需要再取筆名了。但在街坊四鄰的嘴巴裡，俺叫二娘。

關於我的日記，也就是我的Blog，生活頹迷的階段，總是下不了筆，我覺得自己是一個內向的人，雖然練武，但卻覺得自己文藝，情緒悶在心裡和拳頭裡，直到等到幾天前——下筆如同緣份！

# 孫二娘日記

我的日記終於可以開始了，我的心扉也終於可以敞開了。

Blog一定要有一個我喜歡的名字，思來想去，我決定，決定，決定……我決定還是樸實一些，叫作《少女的心》，就是爲了對抗李濕濕給我提議的：《遺情書》、《賤人》、《十字坡夜未央》……

窗外，月亮露出了半張臉，然而這樣混雜的光線模糊得看不到那些花的影子。儘管如此，那些花正開著，錦緞一般沿著河岸灑落芬芳。空氣裡有它們纖細溫柔的味道。

## 二月初八　晴

早上，我坐著發呆五小時，看著窗外昏沈的天空。那些雲朵如此沈默，像是我的內心——那些被撫摸過的傷口一樣安詳。發呆讓人加重對幸福的懷疑。

老爺子往常回家的時候都是拿著別人衣服和錢，今天回來卻帶著一掛鞭炮。聽他說今天是一個叫趙佶的男孩大喜的日子，大家都得熱鬧熱鬧。可讓人納悶的是，剛過完年，那隻豬頭還沒吃完，就又要過年了。後來聽李濕濕說，原來是皇上登基，怪不得。

皇上難道都這麼年輕？也不知道他長得怎麼樣，這小子有錢是沒得說，要是又帥，那豈不是財貌雙全？

再看看我自己，剛跟著老頭兒練習剪徑回來，滿身都是泥，也沒來得及到小河邊兒去洗個澡，更別說打扮打扮了。混帳爹今天也沒給我買回小護士美白霜來，唉，這一行怕是幹不下去了。

## 二月初九　陰

住在東城的二牛真笨，一句話：見過笨的，沒見過像他那麼笨的；虧他還和我一起念過兩年幼稚園，居然連什麼是「剪徑」都不知道。也虧得我看在他去年臘月偷偷塞給我兩小瓶東京香水的面子上才告訴他。

「剪徑」，用通俗的話來說，就是攔在路口搶人東西，當然搶人東西不能光靠喊幾句「此樹是我栽，此路是我開，要想從此過，留下買路錢」就行了，要是遇上個「要錢沒有，要命有一條」的主兒，爹就得表演幾套擒拿格鬥之類的Chinese功夫讓他想想清

楚。

老爹之所以讓我「冬練三伏、夏練三九」，不分假日的苦練「哭、罵、抓、咬」的撒潑功夫，估計也有這方面的考慮。對自己的閨女，這怎麼說也算是一項風險投資，可憐天下父母心，可是誰又來可憐可憐我呢？

## 二月十五　晴轉多雲

今天，是他的生日。自從他離開以後，江湖中對他的傳言很多很雜：有人說他心狠手辣，有人說他心地善良，有人說他臉厚心黑，也有人說他情深意濃。當然，在我的心裡，他永遠是那樣的風流不羈，永遠是那樣的情意綿綿……

我是他的第九個，他是我的第一個。因爲他在自己身上畫了九條小蛇，江湖中人送了一個外號給他：「九紋龍」。

然而，這份感情，我用了兩年時間，淡漠之後才深刻了一些，才發現我們之間的愛情，到底是怎麼一回事。

# 十字坡的第一桶金

那個人的擁抱來了又走了，而我，站在邊緣，退出去又頻頻回首。

**我會永遠愛你，我雖然不能和你共患難，但是我可以延續你的快樂。**

繁華過後本該呈現出凋零，可我偏偏幻想底下蠢蠢欲動的生機，凋零過後本又該連綴成另一番豐碩，而那姍姍來遲的風景又恰恰錯過了我的眼睛。這些他會知道嗎？只是那輕輕的一句「我會一直守護」便讓我癡迷了好久好久……

其實，他根本就沒有守護過自己的愛情，一直都沒有。他守護的，是他在江湖中的地位和名聲，他是自私的。

我多想知道，什麼才叫真正的愛情……

## 三月初一　多雲轉晴

李濕濕今天早上沒洗臉就興沖沖地跑來，約我去集市上購物，說城裡新開了一家肚

兜專賣店，好像還是什麼倭國的進口產品，說是「比女人更了解女人」——嗯？比女人還了解自己？那豈不是女人最關心的廣告?!

路上，好多男人都瞅我們，李濕濕那個小浪蹄子竟然還裝淑女，只拿眼睛一下一下地瞄人家，哼哼。更可氣的是，看她的都是些小公子，而瞅我的卻都是些農夫和砍柴的！

簡直氣死我了！都怪我那個混帳老爹，天天讓我舞槍弄棒的，幾年下來我除了胳膊上到處是肌肉疙瘩，別的地方該凸的地方倒是凸，可該凹的地方也凸出來了，真叫人受不了。

不行，我非得找一個文質彬彬、溫文爾雅的相公不可，哪怕最後沒什麼結果，過程我也樂意享受，不是有那麼一句話嗎，「不求天長地久，只求曾經擁有」，不爲別的，就爲和李濕濕比個高低。

但有的時候，我卻還是把李濕濕當成我最親密的朋友。不管是他，還是牛二、馬三、楊四，我和男人至今沒有緣份，倒是和李濕濕這個騷貨形影不離。這或許又是另一種緣份，女人之間的緣份。

緣份真是一種奇妙的感覺，就讓兩個似乎該互相仇視的女人感覺親密無間。

# 十字坡的第一桶金

## 三月十六　多雲

常常，命運，就是你信也得信，不信也得信的東西。前幾天剛剛在李濕濕面前誇下海口，說我要找一個最起碼也是在京城讀書的公子哥兒，可才過幾天，卻撞上一個張青。

昨天晚上，爹回來的很晚，當時我都睡著了。迷迷糊糊地被吵醒，我從被子裡爬了起來，一個鷂子翻身下了炕，以爲是爹給我帶什麼好吃的回來了。

過去一看，好東西沒帶回來，帶回來了一個男人。

那個男人長得倒不算太醜，不過我剛走過去問：「你是幹啥的？」他就擦著哈喇子（口水），用滿是大蒜味的嘴巴大聲說：「俺是個種菜的！」

我當場就休克了。

今天起來聽娘說，他叫張青，也是做買賣的，和我爹是同行，昨天不知道爲什麼就遇在一塊兒了，兩人話不投機便動起手來，來來回回戰了幾百個回合，從上午一直打

# 孫二娘日記

到黃昏，連煙都沒來得及抽一根，酒都沒來得及喝一口，就這麼一直打呀打，最後實在分不出勝負來，便叫喊一聲停下來了。老頭兒看他長得特像自己小時候的樣子，又黑又壯，心裡很喜歡，得知他還沒成家，一問家裡也沒什麼親人，無牽無掛的，就帶回家來了。

聽他自我介紹，他的綽號叫「菜園子」，還說這個綽號是光明寺裡的老和尚給他起的，意思就是讓他以菜園子爲生，不要隨便殺生，並讓他看管寺後的幾畝菜園子。他拍著胸脯叫老和尚放心，並說一定會把菜園子當成自己的生命一樣來照顧。

老和尚滿意地走了，不過他萬萬沒有想到，從那之後他就再沒吃到過蔬菜，因爲張青居然傻到真的像李濕濕保護她的皮膚一樣地保護著那幾畝大白菜，不讓摘、不讓吃。後來有幾個和尚實在受不了每餐都是窩窩頭，就去菜園子偷了幾根蘿蔔，想自己做點鹹菜吃，結果第二天寺裡的和尚全都死了。「連我的菜園子也敢動，真是活得不耐煩了！」張青抹淨刀上的血，憤憤地說。

各位看官都聽聽，難道這不是缺心眼兒麼？

# 十字坡的第一桶金

## 三月十九　晴

也不知道這幾天吃了什麼，已經三天沒大便了。俗話說得好，「痛則不通，通則不痛，一把辛酸淚，誰知其中味」——沒便祕過的人哪兒知道這種痛苦呀。更叫人可氣的，是那個種菜的張青，別看外表挺強壯的，可一晚上能拉七八次，稍微吃點涼的就往廁所裡跑，連我這種特殊性質的「占著茅坑不拉屎」也極不痛快，每次我一進去他就在外面喊：「快點兒，快點兒！」

唉，女人一個月總有心情不好的幾天。更不要說碰到個不懂女人的粗人張青。

**愛要怎麼說出口？我的心裡好難受……**

真的，不知不覺中，我已經愛了心中的那個男人這麼多年。雖然我曾一度背棄過他，準備徹底地忘掉他，但現在回想起來，對他的愛，卻始終埋藏在我的心底。

我發誓，在未來的日子裡，我對他的愛不會改變，它會隨我走向生命的盡頭。

情緣，怎麼能解釋得清呢？儘管，他只是我在兒童時代讀過的一本畫報，上面的一

個漫畫形象。他的名字，叫道明寺……

可現在，環繞在我眼前身後的，卻是寺裡種菜的張青……

## 三月二十　烏雲

今天一大早，爹就帶著張青過來跟我說：「你也長大了，走，跟著老子去鍛煉鍛煉吧。」

我問：「是去健身房嗎？」

老頭兒甩了甩頭髮，擺了一個很酷的Pose，告訴我：「NO！去十字坡。」

哇！夢寐以求的時刻終於來到了！以前爹那個老混球兒老是教我理論，卻一次實踐的機會也不給，要知道現在已經是培養動手能力的新時代了，誰還天天抱著書本兒死讀啊，李濕濕看A片還知道理論聯繫實際呢。

這一天終於來了，我興奮地簡直就想上去狠狠朝爹的臉上來一下子，注意，是拳頭啊，是我那偌大的拳頭啊！沒辦法，我實在是太激動了！

# 十字坡的第一桶金

想起當年，那個身穿深色晚禮服的青年，就在十字坡的樹林裡端坐著。太陽只剩了最後一絲朦朧的游氣，而月光仍然隱沒在不可知的遠空，因此反射到屋中的光線便少得可憐。即使這樣，我也看到了，或者毋寧說感覺到了那衣上纏繞著的松枝花紋，與眼睛裡略帶著些茫然的目光——那，就是當年令無數女人神魂顛倒的男子，那，就是一個剪徑主義者的側影，那，就是年輕時的我爹。

說到剪徑，可能有很多人不理解我爲什麼會這麼開心，這當然得解釋一下：作爲老祖宗留下來的業餘愛好和非比賽體育項目，剪徑實在要比東京現在流行的「蹴鞠」好玩多了，前幾天我還在體育場門口看見一張海報，上面寫著「蹴鞠比賽——大宋隊ＶＳ高麗隊」，真沒勁，不說別的，就單看大宋隊隊長的名字吧，叫高俅——什麼玩意兒！

剪徑可就不一樣了，作爲俺家祖傳的絕活兒，不但能強身健體、活血化淤、健脾生津，還具有防止衰老的特殊功能，更不說剪徑時的痛快感覺，誰要是膽敢不買票就過山，奶奶的，上去我就給他來個——手起刀落！咔嚓！簡直是太爽了。蹴鞠有什麼呀？玩個把小時都踢不進一球去，替國家丟人掃興，真是沒勁極了。

不過我老是不明白爲什麼剪徑通常都要選在烏雲漫野、大風颼颼的天氣裡進行。是爲了打起架來更有塵土飛揚的感覺嗎？還是因爲烏雲下的臉色看起來會更酷？不過聽俺

爹說，也沒什麼具體的理由，好像老祖宗傳下來就是這麼個習慣。

就像去年路過十字坡販棗子的那撥人，在我家連住了三天，裡頭有一個青面獠牙，名字叫劉唐的男人，不知道是妝沒化好還是天生長的蝴蝶斑，臉上到處是斑片和疙瘩，開始看著覺得很醜，不過吐啊吐的就習慣了。

### 三月二十一　小雨

最近的天氣都非常不錯，特別適合我們做買賣。不過今天出去的時候老頭子可能是因爲昨天吃糨糊了，沒幾下子就被對手打倒在地，嘴裡還直哼哼。虧得我和張青倆人雙劍合璧，使了一招「天外飛仙」，最後還被勒索了一條香煙一瓶二鍋頭，才把老頭兒救了回來。

回家之後，老頭兒的精神很不好，雖然城裡那個婦科郎中過來看了看說沒什麼腦震盪的跡象，但提醒說人老了就得預防著點，不然一個不留神，就腦出血了。哼，他以爲他自己是華佗的第N代傳人啊，還是把自己的眼珠子當X光了，什麼都能看出來？鬼才

信呢。

不過老頭兒倒是嚇得不輕，特別把我和張青叫到床前，故意咳嗽著嗓子說：「爹，爹，爹……」

張青著急地說：「我不是你爹，我是張青啊。」

老頭兒抬手給了他一巴掌：「你多什麼嘴，我還沒說完呢！我是說，爹，爹，爹怕是，怕是，怕是不行了，你們將來，將來，將來就得自力更，更，更生了……」

張青傻呵呵地摸著自己的臉問我：「你爹什麼時候結巴了？」

我看都沒看他就一腳踢過去：「這叫演員的自我修養，變得快說明老爺子騙人的功夫深啊，傻子！」

爹滿意地點了點頭，繼續說：「爹問，問，問你，你覺得張青這個人怎麼……怎麼樣？」

我不假思索地說：「傻子一個。」

爹揮揮手，說：「這我知道，我是問你，你喜歡……喜歡……喜歡不喜歡……不喜歡他？」

我皺著眉頭說：「你不結巴成不成？就算你被打傷了，被打得又咳嗽又氣喘，連話

都說不上來了，離西天取經就一步之遙了。拜託你給我好好說話，聽的我都快成……快成……快成結巴了。」

爹有點不好意思地坐起來，點了根煙，簡潔俐落地說：「喜歡張青否？」

我看看蹲在地上，一臉菜色的張青，沒好氣地說：「我要說喜歡，您信嗎？」

老頭兒沒理我，轉頭對張青說道：「你喜歡我閨女不？」

張青嘴邊的哈喇子瞬間就流了滿臉：「喜歡喜歡喜歡，我的選擇，我喜歡，耶！」

老頭兒點點頭，把張青支出去，悄悄對我說：「你是不是喜歡牛二？是不是還喜歡馬三？是不是還喜歡楊四？」

（嗯？！這是哪個爛嘴巴說出去的？）我坦白地點點頭。

老頭兒得意地笑笑，然後語重心長地對我說：「你要是嫁給他們其中的任何一個，另外兩個就不可能再跟你說話了，爲什麼？三個都是愣頭青，大家不要命的，誰都不允許自己的婆娘在外邊兒給自己戴綠帽子，別人也不敢招惹。不過你要是嫁了張青，你就可以繼續跟那三個豬頭來往，你考慮一下哦……」

我仔細想了想，還沒來得及說話，就聽見張青在外頭窗戶底下著急地喊：「二娘，我知道你有腳氣，那我也不嫌棄！」

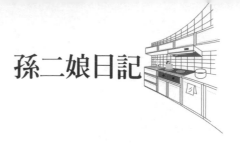

老天啊，這個也被他知道了?!
真是氣死人了……

## 四月初八　傾盆大雨

今天，一個令牛二、馬三和楊四傷心欲絕的日子。
這些天來我連續受到老頭子的煽惑，加上自己的缺點也被暴露於天下，不，應該是暴露於窗下，於是，我便只好和這個看菜園子的張青成婚了。
你們能想像到我此時此刻的心情嗎?
對，很複雜，心裡像翻倒了五味瓶兒，酸甜苦辣，唉，簡直什麼味兒都有。
晚上，張青不知道從哪兒抄了一首詩念給我聽：

妹妹啊，
與其在十字坡打劫千年，

也不如在愛人肩頭痛哭一晚！

不過我還是覺得沒有史進念給我聽的那首有內涵：

二娘，今天我不關心人類，我只關心你。

唉，文化程度不一樣的人啊，就是不一樣！

李濕濕那個三八過來勸我說，她曾聽人說，牛二會有血光之災，這個事情傳得滿大街都知道了，還有鼻子有眼的，據說會死在一把寶刀之下。我不嫁給他，是我的聰明。

這不是扯淡麼？就牛二那柄小剪指甲刀，還寶刀呢？切！

## 四月十一　晴

拿著老頭子給的彩禮，加上幾年來保存的私房錢，我和丈夫張青在十字坡開了一家

# 十字坡的第一桶金

客棧，我本來想叫作「有間客棧」，可老頭兒說不好聽，還不如叫「金庸客棧」呢，除了和網路能沾點邊兒，還能借助老爺子的招牌拉拉客人。嗨，這是哪兒跟哪兒啊！

不過考慮到這個客棧有限公司他占了不少股份，我才按捺住沒有發作，最後，張青提議通過搖色子決定，唉，今天手氣真背，還是讓老頭兒贏了。不過去工商部門登記註冊的時候，「金庸客棧」這個招牌已經被別的一家客棧搶先註冊了，於是我們最後決定叫做「新金庸客棧」。

今天是開業大吉的日子。爹說現在是注意力經濟，爲了吸引更多的眼球，我們特地搞了一個抽獎的開業慶典活動。我們的抽獎獎品設置是這樣的：

一等獎：一名，獎品為杏花村百年陳釀燒酒一罈，外加圖書《金瓶梅》一套

二等獎：二名，獎品為杏花村三十年陳釀燒酒一罈，外加倭國進口裙子（也叫和服）一套

三等獎：三名，獎品為杏花村十年陳釀燒酒一罈，外加醉仙樓門票一張，黑妹洗面乳一套

鼓勵獎：十名，獎品為蒙汗藥、壯陽藥、感冒藥各一包

安慰獎：若干名，獎品為「張青牌」免費鹹菜一罈

另外，凡十天內來店餐飲住宿消費者，每人均可打八折享受各種野味兔子肉

結果上門來的人們真是摩肩接踵，人聲鼎沸，熙熙攘攘，皆爲利往。不過萬事無完美，還是有一個看起來像通緝犯的人不屑我們的優惠：「兔子肉有什麼好吃的，還不如吃人肉包子哪！」

咦？這倒是第一次聽說。人肉真的比兔子肉好吃嗎？

## 四月二十一　陰轉多雲

今天是開業的第十天，來的人還真不少，買賣也甚是火紅，不但周圍四鄰都過來捧場，方圓百里之內的也是來者眾多，不得不讓我佩服張青那個農民，雖說平時傻得要命，可在宣傳炒作上還是有點能耐的，畢竟他以前看的那個菜園子的寺廟隔壁就是全城最大的廣告炒作學院，有道是「耳濡目染，近墨者黑」，像什麼下半身寫作、暴露式寫

## 十字坡的第一桶金

真，什麼攝像頭隱私網上流傳，什麼政治桃色緋聞……這些廣告手段統統不在話下，我還聽說東京趙徽宗的拉鏈門事件也是廣告學院那裡的人製造的，看來知識改變命運，說得一點兒沒錯。

我們客棧的宣傳策略，張青琢磨好久了，從散發傳單到飛鴿傳書，從抽獎摸彩到請客送禮，從電視廣告到公車標語，確實動了不少歪腦筋，不過最絕的還是高薪聘請李濕濕那騷貨來這裡做三陪：陪吃陪喝陪聊，要是從東京捎回來的超級音響一到位，還可以陪唱呢，別說，就這一下子，來的客人就呈倍數成長啊，照這樣下去，我還不大發了？嘻嘻。

不過，人既有悲歡離合，月也有陰晴圓缺，隨著買賣的日益興隆，接踵而至的問題也出現了：今天一早，張青去城裡買肉，居然沒買著！我問他：「是不是牛二那傢伙不殺豬了？」

張青：「不是。」

我問：「那是不是肉價漲了？」

「也不是。」

我又問：「莫非是官府不讓私自屠宰，改雙向收費了？」

張青道：「還不是。」

「難道是因爲……」話沒說完我就按捺不住，一巴掌打到他臉上：「親愛的你——磨磨唧唧怎麼回事呀？難道是屬蛤蟆的，戳一下跳一下？到底怎麼回事，倒是痛快地說呀！」

張青脾氣好是百里之內出了名的，這次自然也不例外，他不動聲色地彎腰把打掉在地上的兩顆門牙拾起來，和著鮮血吞了下去，才慢條斯理地打著拍子告訴我：「說，打南邊來了一個喇嘛，手裡拿著一個喇叭，腰裡別著一支撻獁，後面帶著一個啞巴，喇嘛說：『爲什麼豬羊牛肉都不賣了？』眾人說：『難道是都要拉到前線，獻給親愛的抗遼兵？』啞巴說：『NO，NO，NO，是因爲從大不列顛帝國來了一頭瘋牛，把咱們大宋的肉也感染了！』眾人齊道：『原來是這樣，當哩個當，當哩個當哩個當！』」

啊，原來是瘋牛病來了。我又問：「那，牛羊豬不能買，雞鴨鵝呢？」

張青一抹嘴邊的鮮血，問我：「你知道什麼是禽流感嗎？」

暈倒。

## 四月二十二　晚上

在我的額頭
印下流星的吻
讓我
做你今生的愛人……

晚上，我默念著這首我少女時代曾風靡一時的情詩，獨自一人坐在屋頂上看流星。它就像是情人的眼淚，也如我此時的心情。

一顆接一顆的星星從黑色的天空中落下，拖著明亮的、長長的軌跡。我甚至可以聽見它們墜落時的歎息。想起很久很久以前聽過的一首歌：「悲傷的眼淚是流星，快樂的眼淚是恒星。滿天都是誰的眼淚在飛，究竟哪一顆是我流過的淚？」

## 四月二十三　多雲

幾天過去了，來吃飯住店的人是愈來愈多，肉也隨之一天天變少，今天早上起來，連庫存的野豬野鴨野雞肉也都賣完了。怎麼辦？

張青抽著煙在大堂裡走來走去，走來走去，走來走去……一直走得我頭暈了，他也沒想出什麼辦法來，我正要發作，突然從外面摔進一個滿身是血的人來，一進門就跌倒在地上，右手伸出兩個指頭，呈「V」形狀，不過卻是軟了吧唧的，我們都不懂是什麼意思，張青上去問：「你是說，組織上勝利了？」

那人搖搖頭，還是伸著手指。

我問：「你是說，想打二兩酒？」

那人仍然搖搖頭，還是伸著手指。

從裡邊出來的李濕濕拋個媚眼兒，問：「你是說，想叫我陪你兩天？」

那人嘴角抽動了一下，兩眼瞬間放出幾道光芒，但還是搖頭，繼續伸著手指。

我頓時大怒，罵道：「你是成心消遣我們吧？有話就說，就屁就放！」

那人眼神中透露出失望的神色，從地上爬起來，拍拍身上的塵土，流利地說：「一幫豬頭。本來是想讓你們玩玩案件猜謎，你們沒看過偵探推理小說嗎？我的意思是，我

被一個叫阮小二的人打傷了，這都看不出來？」

敢罵如此貌美如花、精明強幹的女個體戶孫二娘我是豬頭?!簡直是活得不耐煩了，上去我就給了他兩腳，虧得我早上沒吃飯，這無影腳的威力只發揮出來三成，不然不死也是重傷啊。但他動也沒動，像我沒踢著一樣，看了我一眼，說：「老闆娘，你看我渾身是血，能救救我嗎？」

張青過來聲明：「這位客官，您說錯了，我才是老闆娘，她是老闆。」

那人正拿著抹布在身上到處堵傷口：「大哥，我的傷口在流血哎。」

張青問：「那應該怎……麼醫治呢？」

那人道：「怎麼著也先給我條膠布粘粘啊，你當我這血是公家自來水，白流嗎？俺這可是自家的肥水啊。」

張青問：「膠布有好幾種，你現在有三個答案可以選擇，注意，如果自己不能確定可以打求救電話，或者在座的觀眾也可以替你回答，但機會只有一次，你要好好把握。」

那人顫著聲音說：「求求你了，快點兒行嗎？」

張青點了根煙，緩緩地說道：「答案一：醫用膠布；答案二：創可貼；答案三：雲

南白藥。」

那人想了想，說：「答案二，創可貼！」

李濕濕膩著嗓子問：「你確定嗎？」

那人先是拚命地點頭，繼而又搖頭，顯得無法確定，面露難色。

張青拿過電話來：「你現在可以打電話求救，以確定你的答案正確與否，時間只有三十秒，請注意把握。括弧，電話收費銀子一兩。」

那人抄起電話來用「迅雷不及掩耳盜鈴之勢」撥通一個號碼，用虛弱的聲音說道：「爹，我不行了……」

話沒說完，他就倒在了地上。張青過去一看，嘟囔著沒人給電話費，拉著人就扔在了廚房後院兒，說是打算刨坑埋了給他那些胡蘿蔔馬鈴薯作人工施肥。

我猛然間想到了開業那天，那個像通緝犯的人說，人肉比兔子肉好吃，天啊，這是老天垂憐我二娘啊，他老人家怎麼知道我巧婦難爲無肉之炊，給我派了一個人肉沙包過來啊，Oh，Thanks God！

# 十字坡的第一桶金

**四月二十四　晴**

晌午時分，第一鍋人肉包子出爐了。

張青在掛在門外的大木板功能表上寫著：

「人肉包子，以新鮮人肉為餡，不新鮮不要錢，機會難得，失不再來，物美價廉，安全衛生，若發現肉裡有毛髮、牙齒及骨骼者，本店以一罰十，絕不賴皮。

具體肉餡如下：

| **包子種類** | **價格** |
|---|---|
| 人肉大蔥餡 | 三錢 |
| 雞蛋人排餡 | 二錢（因禽流感猖獗，現雞蛋以恐龍蛋代替） |
| 蘿蔔口條餡 | 三錢 |
| 里脊耳朵餡 | 四錢 |
| 腰子馬鈴薯餡 | 三錢 |

……」

招牌和菜譜剛掛出去一天，一傳十，十傳百，百傳千，客人蜂擁而至，金銀滾滾而來——試問生意興隆爲何物，直叫人以微笑相許？

### 四月三十　小雨

入夜，張青在地下給我燒洗腳水，我在炕上數錢。

張青：「二娘，今天收入不錯吧。」

我說：「除了付給李濕濕的工資和提成，電費水費磨刀費，麵粉本錢若干，咱們還能掙好幾兩呢。」——買賣好，牙就好，胃口更好，吃嘛嘛香……總還得再雇幾個小二吧，不然吃飯的人多了連個招呼的人都沒有，最後決定貼出公開招聘啓事一張，雇店小二若干。

# 十字坡的第一桶金

招聘啓事如下：

因本店服務上乘，買賣興隆，人肉包子更是批量出鍋，供不應求。值此生意繁忙，急需擴大業務之際，本店特通過東京人事總部批准，人才交流市場贊成，誠聘店小二若干，望各位熱愛餐飲業的有志之士速來加盟，多多益善，本店保證公平競爭，擇優錄取，一經錄用，待遇從優，提供從尾灶到頭灶甚至到灶頭的廣闊發展機會，並簽長期勞動合同。

條件：人高馬大，能扛動一百到兩百斤重的物體；憨厚老實，樂觀敬業；相貌不限，年齡不限。

對黑道餐飲業熱愛的各界人士（有郎中專業人體解剖技術者優先）

要求：不許偷吃；不許跳槽；不許偷竊；不許遲到早退；不許在上班時間打電話；不許發生辦公室（廚房）戀情；每天說粗話不得超過五百次；大便時間不得超過十分鐘；上下班必須著統一服裝……（此處作者省略一萬六千五百二十三個字）

職位：大堂經理一名，董事長助理一名，店小二若干

待遇：面議

薪水標準為：基本工資＋獎金＋值班費＋業務提成

生活標準為：包吃包住，每飯兩菜一湯，燒酒另算
其他標準為：每年組織赴梁山自然風景區旅遊一次
休假標準為：春節一周，皇帝登基日三天，婚假五天，產假開除
合同期：試用期三個月，長期有效勞動合同為三年一簽

聯繫人：孫二娘　張青
聯繫方式：飛鴿傳書
聯繫地址：十字坡·新金庸客棧
即日生效

### 五月初一　晴

昨天剛剛掛出去招聘啓事，今天就招了三個打雜的，一個負責開膛，一個負責破肚，另外一個負責刮毛、洗刷和剁肉。不過還是沒一個像樣兒的店小二，實在叫人鬱悶。

# 十字坡的第一桶金

下午我剛把一個江湖客的腦袋扔到小河裡，店裡又來了一個應聘的。只見此人眼大無神，鼻孔朝天，顴骨高聳，雙耳外翻，嘴巴奇大，牙齒粗黑，身材瘦小，皮膚粗糙……一句話，恐龍中的極品。

他拖著兩條泥腿進來，問：「這裡找我啥事兒？」

我看看他，問：「閣下是誰呀？」

他打量我一番，說：「小二。」

張青從裡邊出來，說：「哦，是應聘小二的，你會什麼呀？」

小二說：「你管老子會啥，你找俺幹啥？」

張青疑惑地：「你不是來應聘店小二的？」

小二翻了翻白眼，從包裡抽出一張啓事，只見上面「店小二」的「店」字已經不知道被誰給摳了去，只剩下「小二」兩個字，這人說道：「老子就是小二，貼出告示找俺，到底是做啥？」

張青問：「哥兒們，你不是來搗亂的吧？」

小二刷地拿出身分證來：「吶，自己看。」我拿過來一看，上面寫著「阮小二」三個字兒。

集體暈倒。

## 五月初九　小雨

早上一開窗，外邊竟然下起了小雨。我把手抽回來的那一剎那，說時遲那時快，只見一個小小的雨滴從天而降，輕輕地砸在了我的手臂上，濺起了幾許小的水花兒，好可愛。

我不禁想起了馬三哥哥在私塾的時候傳給我的那張小紙條，上面也是一首詩：

你是我的姐妹，
你是我的BABY，
噢耶，
不管相隔多遠，
你是我的BABY，

# 十字坡的第一桶金

你是我的雨水
噢耶，
不論相隔多遠……

唉，這滿天的花雨，便如酒入愁腸，都化作我的相思淚……

## 五月十五　小雨轉陰

俗話說得好，「常在河邊走，哪能不濕鞋」「人在江湖飄，哪兒能不挨刀」。自從開了這個客棧以來，不說飄江湖的人挨了我二娘幾刀，光在後院積攢下的濕鞋也有幾十雙了。張青今天統計了一下，光是名牌就有九種之多，早上起來後他就著雨水把那些鞋洗乾淨，發給幾個小二們和打雜的穿，哎，還真看不出來，張青那傻小子還挺會廢物利用的。

中午時分，又來了一幫外地的傻瓜，看著就像是給二娘我送肉來的。不過張青微微

# 孫二娘日記

向我使了個眼色，示意這撥人暫不動手，先聽聽他們說什麼。按我的意思，還聽個什麼啊，先下手才是對的，真不知道他的語文老師有沒有把「先下手爲強」這句話教給他。

不過看在他昨天晚上表現相當不錯，我還是給他留了點面子，坐在吧台上先聽聽再說：他們要了三斤人肉大蔥餡的包子，要了五斤蛤蟆肉和三瓶兌了水的二鍋頭，一邊喝一邊聊，爲首的是一個留長髮但不紮髮髻的傢伙，看起來很像藝術家的樣子，穿的馬甲上還寫著什麼「動物保護協會」的字樣，真是傻到家了。

他對另外幾個人說：「這次去陽谷縣，大家一定要加倍小心，咱們不說衙門就是那廝的家，官官相護倒沒啥大不了的，關鍵那孫子是一粗人，大家說話都小心些，別惹惱了他。」

另一個戴耳環，腰裡別著BBCALL的一個傢伙說：「是啊，那強人赤手空拳便能打死一隻猛虎，咱們哥兒幾個被他捏扁還不是易如反掌啊。」

正說著，只聽見外面有人發了一聲喊：「武松來啦……」

一瞬間，幾個人頓時跑得無影無蹤，連影子都看不見了。娘的，連飯錢都沒結。這武松究竟是什麼鳥人，有這麼厲害？哪天他要是來十字坡，也叫他嘗嘗二娘我的洗腳水！哼哼。

張青過來慢條斯理地說：「噢，親愛的，你又生氣了，別生氣了，親愛的，難道你又生氣了嗎？那夥人一看就知是專門吃遊戲機小霸王餐的，武松根本沒來，是賊人們編個謊用來逃跑的暗號……」

我一拳就砸過去：「香蕉你個芭樂，這種江湖上的小小小把戲，我難道還會不知道，天天逼我翻了淑女臉，跟你以野蠻本性相見——這還用你教?!」

## 五月十七　陰

最近要說也奇了怪了，天天都能聽見武松那小子的名字，今天來的一撥人，據說是什麼珍稀動物研究所的，一看就是天天跟動物打交道，連走路都邁著熊樣兒，哼。研究就研究吧，非得跑到這裡給我添堵，不但吃飯老要賴皮，還沒法兒對他們下手。張青老說人家是朝廷命官，不敢私自下套兒，說是那樣就不是剪徑和開黑店這麼簡單了，現在這麼幹被官府拿了大不了再辦個偷稅漏稅，要真把這些幹部咔嚓了，那就成造反了。

張青指著鼻子問我：「造反，造反你懂嗎？」

廢話，我能不懂嗎，二龍山那撥剛上梁山的賊寇不就是造反的嗎？臉上都貼著個小

金印兒，就跟註冊商標一樣，地球人都知道。

張青又唧唧歪歪地：「落草爲寇也不是鬧著玩兒的，那是掉腦袋的事情。」

掉腦袋咱倒是有點兒怕，不過我還是特想念現如今也占了山爲了王的那個他，身上紋了九條小蛇的冤家，估計他們都是活不下去了才那麼著的。

唉，人在江湖，身不由己。縱有千般本事，如今也唯有一聲歎息。

據說，這幾批人都是去陽谷縣找武松麻煩的，原因是他打死了一隻老虎。這年頭兒，誰還敢稀裡糊塗地打動物啊，比打人都麻煩。想必這武松的智商也夠弱的。不過就算他的名頭再響亮，還是沒他的嫂嫂出名。

張青問我：「他嫂嫂是誰呀？」

簡直叫我不可理喻——他嫂嫂你都不認識呀？明星潘金蓮啊！

記得我很久以前就聽說過這個名字，據江湖傳言，她生得是天生一副魔鬼身材，天使面容，前凸後翹，上靚下俏，要咪咪有咪咪，要俏臀有俏臀，比李濕濕不知道要強哪兒去了，不但琴棋書畫樣樣精通，洗鍋做飯無所不能，而且最厲害的是她還跳得一身好芭蕾舞，乖乖，芭蕾舞是鬧著玩兒的嗎？那是大不列顛的鬍子們才會跳的呀，作爲被西洋鬼子一統江山數十年的玩意兒，現如今居然咱們宋人也有能領略其精髓一二的，怎麼

能不叫人興奮啊？別看二娘我平時嘻嘻哈哈沒心沒肺，可這民族自尊心也是滿滿的。

不過聽說她嫁了一個賣燒餅的三寸丁兒做丈夫，唉，誰知道這其中有多少女人的辛酸淚啊，肯定又是一部宋朝婚姻制度下犧牲愛情的偉大小說。有的時候啊，這就是命，誰都一樣，就像我這麼風華絕代、外粗內秀的二娘，到頭來卻找著一個種菜的超級豬頭三，張青。

他說我有腳氣，我還嫌他有狐臭呢。

# 做破產的人肉包子

沒轍，還得請教老頭子。這老傢伙還真是不簡單，看問題一針見血，分析得比牛二殺豬都狠：顧客不多，因為人肉保存太久，不新鮮。

這倒有理，自從二娘我的黑店在江湖中傳播出去，實在是再沒幾個人敢獨自行走十字坡了，人肉數量減少，我也只能缺金少兩，留著多賣幾天。雖然說這大宋朝的媒介傳播還不怎麼先進，村口的大喇叭也時響時不響的，可畢竟人的嘴巴朝天撅，三下兩下還真是快——哼，哪天叫我知道是誰流傳這個真實的謠言，非割了他的大舌頭不可。

唉，這宣傳和保密本來就是一個對立的矛盾體，經濟時代了，這買賣真不好做呀……

## 水滸傳原文賞析

只見那婦人笑容可掬道：「客官，打多少酒？」武松道：「不要問多少，只顧燙來。肉便切三五斤來。一發算錢還你。」那婦人道：「也有好大饅頭。」武松道：「也把三二十個，來做點心。」那婦人嘻嘻地笑著，入裡面托出一大桶酒來，放下三隻大碗，三雙箸，切出兩盤肉來，一連篩了四五巡酒，去灶上取一籠饅頭來，放在桌子上。兩個公人拿起來便吃。武松取一個拍開看了，叫道：「酒家，這饅頭是人肉的？是狗肉的？」那婦人嘻嘻笑道：「客官休要取笑。清平世界，蕩蕩乾坤，那裡有人肉的饅頭，狗肉的滋味。我家饅頭，積祖是黃牛的。」武松道：「我從來走江湖上，多聽得人說道：大樹十字坡，客人誰敢那裡過？肥的卻做饅頭餡，瘦的卻把去填河！」

那婦人道：「客官，那得這話？這是你自捏出來的。」武松道：「我見這饅頭餡內有幾根毛——一像人小便處的毛一般，以此疑忌。」

## 五月二十五　陰

今天也不知道怎麼回事，來的客人居然很少，張清出去打探了半天才知道，九字坡的一家客棧爲了刺激客源，居然高薪從南海請來幾個人妖，還舉辦什麼選美大賽，到場的客人三天內食宿都可以打五折，還可以和自己心儀的人妖共度晚餐。奶奶的，這不是明擺著搶生意嗎？沒見過這麼搶的。

不行，不能就這麼認輸，正好新來的一個夥計說他的一個表哥就在東京的一家酒吧裡當服務生，說那裡的人妖都是從東海坐船過來的，全球最正宗，數此一家。張清二話沒說就扛了一麻袋銀子出了門，估計怎麼著也能請回一個連來，走的時候幾個夥計看著那麻袋銀子，眼珠子都快瞪出來了。我當然不會心疼，反正那銀子都是前不久問一個叫吳用的傢伙按三折買的假鈔。

都說買賣好開難做；都說江山易打，耗窩子難；都說生意場上無弱兵，都說……張青在我耳朵邊都說了三天了，這人妖也來了，大師傅也換了，按照顧客們在意見簿上的

# 做破產的人肉包子

建議，川菜廚子也請了，湘菜師傅也雇了，雖說做不成滿漢全席，可八大菜系也差不離了，這買賣還是門可羅雀，真是叫人搓火。

沒轍，還得請教老頭子。「薑是老的辣」這話還真有些道理，不說老爺子吃的米和我吃的鹽，也不論老爺子過的橋和我走的路，這老傢伙還真是不簡單，看問題一針見血，分析得比牛二殺豬都狠：顧客不多，因爲人肉保存太久，不新鮮。

這倒有理，自從二娘我的黑店在江湖中傳播出去，實在是再沒幾個人敢獨自行走十字坡了，人肉數量減少，我也只能缺金少兩，留著多賣幾天。雖然說這大宋朝的媒介傳播還不怎麼先進，村口的大喇叭也時響時不響的，可畢竟人的嘴巴朝天撅，三下兩下還真是快——哼，哪天叫我知道是誰流傳這個真實的謠言，非割了他的大舌頭不可。唉，這宣傳和保密本來就是一個對立的矛盾體，經濟時代了，這買賣真不好做呀……

不過今天還是萬幸，快黃昏的時候來了幾個販盜版光碟的小商販，據說那些產品都是從倭國那邊走私進來的，非但內容聞所未聞，而且據說還有倭國的美女明星大寫真，更叫絕的是，竟然還有ＳＭ遊戲……嘿嘿，這可是俺最愛玩的遊戲噢……張青這個大豬頭，那撥客人一進來就哈巴狗似地在那兒亂問亂瞅，差點兒連蒙汗藥都忘了下，他可真是個豬頭啊，你把他們蒙倒了，那些ＶＣＤ啊ＤＶＤ啊不就都是咱們的啦？

可惜最後張青豬油蒙了心，一臉憨笑地當著那幾個人的面喊：「小二，快把爺的蒙汗藥拿來！」拿出來之後還跟那幾個人誇口：「這是哥兒們特地從東京通過廠家直銷搞來的，喝下去效果極靈，保證三分鐘就倒，信不信?!」

話一說完，全體翻倒在地。

## 五月二十八　陰

今天早上一開門，來了幾個推銷藥品的。對這些推銷的哥兒們我早煩透了，遇上多的時候一天能來七八個，還說有什麼回扣，怒，一腳就把他給踹了出去，沒想到那傢伙從地上爬起來，仍然堅持不懈地進行推銷，還說什麼他有一批大不列顛進口的新型蒙汗藥，不但無色無形，而且入口還有一種口香糖的特殊味道，號稱「三步倒」，厲害得很。

我問他：「萬一客人吃了不走三步，是不是就倒不了啦？」

那傢伙一臉陰笑：「阿姨別著急……」

# 做破產的人肉包子

「阿姨?!」——叫我阿姨?!不想活了？

「Sorry，我眼睛不好，是小姐姐，小姐姐你先別急，客人走不走三步這個問題我們早就考慮過了，你只要買一包我這兒的蒙汗藥，我就免費贈送你一瓶興奮劑，配合使用，效果絕佳，只要他喝了這兩種藥兒的酒，保證一喝就跳，一跳就倒！」

我問：「真有這麼神奇？」

蒙汗藥販子得意洋洋地從包裡拿出一些照片，遞到我面前：「小姐姐你看，這就是去年在黃泥崗上被蒙倒的那批運送生辰綱的朝廷傻子，知道那些強人們用的是什麼藥嗎？就是小弟弟這個牌子的——毒鼠強！」

我還是有點兒疑惑：「真的？」

蒙汗藥販子一臉嚴肅地說：「聽說過景陽崗的『三碗不過崗』嗎？哥兒們這叫『三杯不上坡』！要沒效果，您大嘴巴子抽我的臉！」

我又問：「是正規廠家出的嗎？」

那傢伙趕緊掏出證明和相關文件：「絕對正規廠家，您瞧，蓋戳兒了的呢！」

我還是有點兒不相信，他急了，差點兒就自己親自試驗，幸虧我眼急手快，趕緊給攔了下來，娘的，倒不是別的，真要蒙過去了，我日後哪兒買這藥去呢。得得得，甭試

了，我買了。

下午正好來了幾個搞傳銷的，聽口音好像是從南方那頭兒過來的，爲了檢驗這批新藥的效果，我特地把舊藥和新藥分別裝在兩個小酒壺裡，分別給兩個人喝，哎，還真靈，喝了新藥的一沾嘴沒過十秒鐘就倒下去了，簡直比電擊都來得快！

只見那喝了舊藥的人趴在倒下去的同伴身上猛地一陣鬼哭狼嚎，半天才慢慢將手伸到同伴的鼻子下，忽然，他大叫一聲：「南門大官人啊——你怎麼這麼快就走了呀！各位老少爺們兒姐姐妹妹啦啊，瞧一瞧看一看啦啊，說沒了就沒了啊，瞧一瞧看一看啦啊，走過的路過的不要錯過啦啊，眨眼的工夫就陰陽兩重天啦啊——」

天，這哪兒是什麼蒙汗藥，簡直就是毒藥啊！

天哪，假藥害死人啊！死的做成肉包子更不新鮮啊！

## 五月三十　多雲

明天就是六月初一了，大宋朝一年一度的選美大會馬上就會在城裡舉行，不過聽說

# 做破產的人肉包子

現在這漂亮姑娘的年齡是愈來愈小，呈現一種低齡化發展的趨勢，於是朝廷裡就有三八提議把明天這個日子改成兒童節。

生意來了，借著這大宋朝選美大會的東風，趁著這中原、江南、西域、塞外的各路臭男人們蜂擁而至，正好做他幾筆好買賣！

還別說，今天的買賣還真不錯，自打快晌午開始，這一個個頂著風霜雨雪、黃沙冰雹，從四面八方匆匆趕來的客人一波接一波，到最後連趕都趕不走了，沒說的，刀子磨快了，蒙汗藥上足了，來吧！

不到三個時辰，廚房裡被蒙倒的人堆已經放不下了，張青跑著去他的菜園子裡挑大白菜，後來甚至連那些小黃花菜都起了苗了，還是不夠配合人肉餡兒包包子，到了外賣時間，老顧客更是蜂擁而至，我連樂都來不及，就光顧著數錢了，哈哈。

好，真好，非常好，感謝朝廷的選美大會呀！

## 六月初一　晴

# 孫二娘日記

考慮到今年老百姓都風調雨順，五穀豐登，手頭兒也都有些活錢，所以組委會特地將整個活動延長到黃昏時刻，晚上好像還有焰火表演，乖乖隆的冬，這下可有熱鬧看了。

一大早留著張青看店子，我就梳洗整齊來到會場。

會場和往年一樣，還是設在大廣場上，我剛到沒過五分鐘，就發現身後和四周已經全坐滿了人，有的捧著馬紮，還有的抱著望遠鏡，大多數則都是或席地而坐，或呆立而站，總之離大會開幕還有三個時辰之久，全宋朝的色狼已經全部到齊了。

離開幕比賽還有一段時間，我只好四處亂轉。直到我一共摸了三十張彩票，打了五把氣槍射氣球，玩了四次蹦蹦床，吃了六根冰棒，喝了兩碗豆腐腦，唱了七首卡拉OK，坐了五次碰碰車，烤了十五串羊肉，抽了一支旱煙，胡思亂想了半個時辰……居然，居然還沒有到時間?!

沒轍，只好花了二兩銀子從一個大鬍子老外手裡買了一個紅外線透視望遠鏡，臨走的時候送了他一張名片，許諾給他打五折，他居然真的答應晚上去我的客棧住宿，嘿嘿，這二兩銀子看來又能回來了。

這望遠鏡確實不錯，連三公里以外有人在大樹底下撒尿都能看得一清二楚：咦？那

# 做破產的人肉包子

不是我的「九紋龍」史進嗎？哇哇，這麼多年沒見，他身上的那九條蛇，不對，已經有九十多條了，還是那麼的清晰無比，還是那麼的毫髮畢現，那身肌肉還是那麼的疙裡疙瘩，滿身大汗，那雙眼神還是那麼的憂鬱＋亢奮，深情＋冷酷，唉，看著就叫人流鼻血呀……

我的心情忽然變得沈重。我木然地放下望遠鏡，心裡慢慢浮上來兩個字：「放棄。」

幸好離得很遠，讓我有機會下這個決心。是的，人生，唯有放棄。然後開始新的生活。

繼續望遠……

哎，廣場口上那個打瞌睡的禿頭大和尚怎麼長得好像一個人啊？我想想，哎，想起來了，他叫什麼花和尚，記得爹跟我說過，以前剪徑的時候曾經遇到過他，當時老頭子亮了一套王八拳，那傢伙竟然眼皮子都沒抬，只是抱起左手邊兒的一棵大柳樹，嗨的一聲，就給拔起來了，結果是，我爹被他反劫了三兩銀子，還被強迫在地上表演了一套猴子拳。

不過後來聽說他下了十字坡就住進醫院了，我爹曾半夜偷偷跑去偷看了他的病歷，

只見上面寫的是「腰椎間盤突出（中央偏左型）」。

繼續望遠……

李濕濕怎麼也在？怎麼後背上還貼著一個比賽號碼條兒？今天不是運動會啊？難道她也報名了？

繼續望遠……

那個黑臉兒的漢子是誰呀？身後還有一個比他還黑的非洲混血兒，腰著別著兩把板斧，手裡扛著一面小旗子，上面寫著：「山東呼保義」，旗杆上還用大頭針紮著一張小紙條兒，上寫：「及時雨宋江」。宋江？好像在哪兒聽過，會不會是那個京城著名的憤怒青年？

繼續望遠……

兩個男人。哇靠，左邊兒那個不是西門慶嗎？乖乖，他是我小學同學耶！聽說那傢伙家裡妻妾成群，還要來這裡湊熱鬧？上學那會兒就那麼花心大蘿蔔，現在還是，所以老人們常說「三歲看大，七歲看老」，真是沒錯兒。那個右邊兒的，長得……啊，那還叫個人嗎?!簡直，簡直，簡直就是……簡直就是太帥的人了！他肯定不是地球上的，莫不是大不列顛那邊兒的什麼王子？帥哥啊……

# 做破產的人肉包子

我應該怎麼形容他，形容眼前這個讓我心潮澎湃的哥哥郎君呢？他長得：國字臉，小鬍鬚，棱角分明，嘴唇厚實，鼻孔碩大，腦袋如盆，這樣的外貌簡直就是一頭驢了，不過蘿蔔青菜各有所愛，有人就是喜歡驢——比如我，嘻嘻，羞死人了！

你能想像到嗎？這樣的男人，單論長相或許有勝其一籌的，但他全身上下不射自噴的陽剛之氣，尤其是他那喝茶時微微上翹的嘴角及若隱若現的酒窩，真是誘惑無比，試問成熟又不失童貞，陽剛又不失可愛，傻冒又不失好玩兒的男人世上還有幾個？

唉，張青那個就會種點大白菜的草包，哪能和人家帥哥哥相比啊？他就是給人家提鞋都不配啊……我怎麼能，怎麼能目睹這一切而不動容呢？

難道，他就是我的夢中情人嗎？

難道，他就是我一生苦苦尋覓的人嗎？

難道，他就是無數次在我夢中出現的柏拉圖哥哥嗎？

臉上怎麼涼了？

是眼淚。

他到底是誰呢？

這時候，廣場上的喇叭裡傳來一聲大吼：「各位觀眾請注意，各位觀眾請注意，現

在廣播找人，現在廣播找人，人，人，人……（回音）現在廣播找人，找一個叫武二的同志，找一個叫武二的同志，志，志，志……！你那三寸丁、枯樹皮的炊餅哥哥在翠花樓嫖妓沒錢被人扣住了，托人帶話兒，讓你速速前去、去、去……！」

整個會場一片寂靜。

寂靜。

還是寂靜。

等了快一柱香了，還是沒人應聲兒！

眾人一睹嫖客之弟尊容的希望破滅之後，正失望時，一個極其微弱的聲音在某個角落裡傳起：「這是誰的錢包……？」

話音剛落，只見那驢臉帥哥從人群中一躍而起，在半空中一個鷂子翻身，落地之前還來了一個漂亮的空中旋轉一百八十度，顯得是那樣的瀟灑不羈，只見他雙腳剛剛一沾地，嘴巴裡就傳來嘹亮的一聲大吼：「人在哪，人在哪！」

在眾人一片鼓掌聲中，那個撿錢包的人一翻白眼，說：「閣下是哪位好漢？這錢包亂領可不是鬧著玩兒的，報個名先！」

驢臉帥哥朝眾人一拱拳頭，臉上帶著迷人的微笑，眼神裡透露著動蕩的笑容，雙

# 做破產的人肉包子

眼瞇成一條直線，暗運一口氣，忽地大聲說道：「當哩個當，當哩個當，閒言碎語不要講，表一表山東的武二郎！各位要問俺是誰，當哩個當，當哩個當，列位一定聽仔細，俺就是，俺就是，俺就是，俺就是……」

眾人一起打著拍子、跺著腳大喊：「說呀，說呀！」

帥哥一揚飄逸的板寸兒頭髮：「列位看官聽好了，俺就是，海裡猛龍不過江，岸上堤下都稱王，天塌下來一肩扛，打虎在那景陽崗，人送綽號二奶殺手＋少女情人＋大眾偶像的——打虎的英雄武松武二郎！」只見武松背靠著太陽，雙手向天攤開，在廣場中央站成一個「大」字型，然後冷冷的斜著眼睛掃了一下四周聽傻掉的老百姓，一秒鐘後，所有人額頭上流著冷汗，狂鼓起掌來。

武松向撿錢包的一伸手：「說了這麼多，連口礦泉水都沒得喝，好累啊，趕緊把錢包給我吧。」

撿錢包的那人雙目呆滯，慢慢地遞過去，武松一把搶過，以光速打開錢包，只見裡面有一張小紙條，武松拿出來一看，上面寫著「欠條證明——本人武大郎，因賭博輸錢，今欠白銀二十三兩五錢四貫，保證在十日內責令我弟弟陽谷縣都頭武松上門奉還，如有抵賴，讓他生兒子沒屁眼兒！」說時遲，那時快，只見武松兩眼一翻，頓時暈了過

去。

場面頓時一通混亂，眾人一擁而上，有的搜身，有的摘手錶，還有個別的老太太趁機狂吃豆腐，把個武松武帥哥差點兒捏成了人肉包子……乖乖，我就差那麼一點點就能假裝立足不穩，一個故意不留神就撲到他懷裡啦，只可惜還是差了那麼一點點，被鄰村的蔡大媽搶先一步了……我娘哎，極度失望中啊，這時廣播喊道：「皇上駕到！」我趕忙舉起望遠鏡。

哇塞！居然讓我看到了皇上！

皇上就是皇上，和老百姓就是，那個，不一樣……乖乖，還沒來得及看清楚皇上長著幾個鼻子呢，一個司儀就像猴子一樣從皇上身邊的高樓上跑下來，再像猴子一樣爬到一個旗杆上，舉著一個小喊話筒大聲喊道：「二一〇一年大宋選美大會暨大宋小姐評選大會正式開始、始、始、始！現在讓我宣佈：佳麗出場——」

話一喊完，只見人群頓時一片沸騰，繼而又吵又鬧，大打出手，都睜大了眼珠子想一睹佳麗芳容，連武松也一個鯉魚打挺站了起來，雙手搭成涼棚向外觀看，場面逐漸變得不可收拾無法控制，直到一隊維持秩序的官兵跑來用矛槍扎死幾百個，男的一槍捅死，女的先姦後殺，老的一掌打倒，小的直接剃頭，人們這才慢慢地冷靜下來。

# 做破產的人肉包子

腦袋長得跟蹴鞠一樣的童貫宣讀了開幕辭：「各位遠道而來近路而至的兄弟姐妹大小男女老少爺們兒，俗話說得好哇，生命在於欣賞美女！爲了搞好後宮的充實和徹底美化東京的市容，現在我使勁兒宣佈：大宋朝選美大會現在開始！」

接著，大會保安委員會主任林沖出來宣讀注意事項，很簡練：「誰不聽話，就廢了他！」

這時，皇帝小兒趙大屁股走出大殿，雙手合十，向底下扯著嗓子大聲喊道：「來特森、占特們，這是寡人上任以來的第一屆選美大會，希望大家多多捧場，給我個面子，有錢的捧個錢場，沒錢的捧個人場……（此處作者省去三千六百五十四字）」台下稀稀拉拉的響起一些掌聲。「本屆大會將從各個美學角度評選出各種才藝的絕世美女若干，值此寶貴的時機，請大家準備好手中的望遠鏡和保護心臟的中草藥丸，一飽眼福吧！」樞密使童貫高聲叫道。

只聽「咣」地一聲鑼響，大會正式開始了。

第一個上台的是著名的美女潘金蓮。說到潘金蓮，形容她的詞語在這裡已經變成了一堆俗語，我只想說：「嫉妒死你了……」左右一看，男人們的嘴巴全部都是「○」形。

# 孫二娘日記

童貫出題：「你認爲一生中最重要的東西是什麼？」

潘金蓮回答：「愛。」

「爲什麼？」

「因爲愛，所以愛。」

「理由？」

「愛一個人不需要理由。」

「時間？」

「愛你一萬年。」

「動作？」

「愛要說，愛要做。」

「感覺？」

「愛是一種說不出來的痛。」

「歸納？」

「愛就一個字。」

「你希望誰愛你？」

# 做破產的人肉包子

「愛我的人和我愛的人。」

高俅出題：「你最喜歡的足球明星是？」

「貝克漢。」

「嗯？」

「Sorry，高哥哥，應該是你……」

「嗯。」

第二位出場的是李濕濕，一出場便是滿場掌聲口哨，看來Fans也不少啊。

童貫：「少林寺的方丈叫什麼？」

李濕濕：「這個……」

童貫：「對不起，拿錯題了……米的媽媽叫什麼？」

李濕濕：「花。」

童貫：「爲啥？」

李濕濕：「因爲花生米。」

童貫：「那麼米的爸爸叫啥？」

李濕濕：「叫蝶，因爲蝶戀花。」

童貫：「那麼米的外公叫啥？」

李濕濕：「米的外公叫……我說你他媽能不能整些新鮮的腦筋急轉彎出來，你不嫌這些雜碎都老掉牙啊?!」

場下響起一片噓聲，童貫頓時滿臉通紅，含羞退下。

高俅忐忑不安地擦了一把汗，出題道：「說動物園開大會，只有大象沒有去，請問……」

李濕濕不耐煩地打斷他：「在冰箱裡關著呢！——你沒看春節聯歡晚會啊?!」

高俅滿臉發臊，小聲地：「現在誰還看那玩意兒呀？」

台下轟然大嘩，有節奏地叫道：「高俅——下課、高俅——下課、高俅——下課！……」

第三位出場的是……（因爲日記寫得手酸，特此省略N千字餘）

最後，李濕濕和潘金蓮不「符」眾望，終於獲得了冠軍和亞軍——李爲一，潘爲二。潘金蓮在頒獎的時候有點不甘心，偷偷問高俅：「高哥，這次的評判標準是什麼呀，憑什麼我就當第二啊？」

高俅左右看看，看到別人都在看他，遂小聲道：「偷偷告訴你啊，關於這個名次，

# 做破產的人肉包子

組委會是按照姓氏筆畫排名先後的……」

潘金蓮頓時暈倒，醒來後的第一句話就是：「從今天開始，我改姓『丁』，現在就去改戶口名簿——」

但國有國法，家有家規，最後經過紀律仲裁委員會的討論，還是將冠軍頒給了李濕濕，娘的，瞧她披掛著彩帶那小樣兒，換了馬甲我照樣認識你！

## 六月初二　凌晨　有小風

一覺睡到半夜被尿憋醒了，再怎麼也無法入睡，心裡彷彿有一團火（唱）——「我的心啊，就像冬天裡的一把火，熊熊火焰，燃燒了我的心窩，我就像啊，冬天的一把火，熊熊火焰，燒烤著我」……難道說，這就是傳說中的「今夜無法入眠」?!

我知道，還是那個冤家在作怪，自打從選美會上回來，那張憂鬱中不乏色迷迷的驢臉就一直在我眼前和腦子裡晃蕩，唉，問世間，情爲何物?直教人生死相許；歡樂趣，離別苦，就中更有癡兒女……

# 孫二娘日記

睡不著，還是睡不著，下地撒尿三次，抽煙兩根兒，發呆十分鐘，吞安定五片兒，數山羊一百六十五隻半，唱歌無數，還是睡不著，沒辦法，誰叫武松臨走時塞給我一張紙條兒，還偷偷摸了我一把呢？

紙條上的那首詩寫的簡直是驚天地，泣鬼神，叫人輾轉反側，反側輾轉啊：

我愛你，
哪怕現在就讓我死去。
但我不能死去，
因為，
我怕我死了以後，
再也沒有人會像我這樣地愛你……

唉，孽債啊……

# 做破產的人肉包子

## 六月三十　晴

今天防疫站的同志來搞業務檢查，順手還捎了一籃子人肉包子，外加三瓶女兒紅燒酒，最後還藉口我們的業務知識不扎實，訛了三十兩銀子。

唉，三十兩，整整三十兩啊，夠我買一麻袋化妝品的了，就這麼被他們給罰走了，心疼死了，包子拿就拿吧，反正不拿也快變質了，至於女兒紅，那是酒精兌的馬尿，也無所謂，可那銀子卻是白花花的真貨啊，唉。

他們的問題是：「老百姓每天吃的豬肉是什麼肉？」

我回答：「紅燒肉。」

張青回答的是：「熟豬肉。」

夥計甲的回答是：「母豬肉。」

夥計乙的回答是：「公豬肉。」

夥計丙的回答是：「乳豬肉，哦，不是，應該是嬰兒豬。」結果答案全部錯誤，正確答案應該是「太監肉」。——原因是，除了要準備下崽子的老母豬，爲了使豬隻安心地長胖，不受到發情期的困惑和騷擾、分心，每頭豬都要進行變成太監的程式，公的直

接閹掉，母的則拿棍子打掉子宮，娘哎，真殘忍。

娘的，不知道就直接告訴我們得了，那個戴紅袖章的還跟我拽文，酸不溜地問完之後還問我：「小姐，請問，這個答案你確定嗎？」

靠，我確定你媽。

就是因爲這個問題，我們被評定爲「無級餐飲店」，還被戴上了「業務知識不扎實」的帽子。

這該死的牛二，身爲一個殺豬的，以前每次約我出來都給我普及青春期性教育，也沒一次告訴我這個通俗化的正確答案。

## 七月初五　多雲轉晴

今天，記憶又在睡夢中突如其來的出現。對此，我顯得措手不及。

又夢到了個夏天，又夢到了他——我的初戀男友，史進。

那年的夏天，如同永遠逝去的和未知的無數個夏天一樣，濃重的綠色，奔放的紅色，明亮的藍色，還有突如其來的暴雨和雷電，它們是夏天永遠的主角。而初戀則讓我對那個夏天終生難忘，生命中的一個不大不小的轉折就在那個躁動的季節悄然發生了，有點突然，卻那樣順其自然。

## 七月初十　晴天轉多雲，偶有浪漫的小雨點兒

今天晚上停電，客棧的男女老少都聚在一塊兒聊天，當然，話題也自然少不了女人、性、酒精、煙草、搶劫、強盜以及最近流行的下半身寫作和網路文學。

聊著聊著，話題就轉移到了愛情身上。

張青說：「我心目中最完美的愛情，就是和二娘一起慢慢變老，直到老得哪兒都去不了，就坐在搖椅上慢慢聊，天下之最浪漫的事，莫過於此，到時候，她耕田來我織布，哦，是我耕田來她織布，樹上的鳥兒成雙對，地下的野雞配色狼……」

接下來是夥計乙發言：「我的愛情，早已經隨風而逝，自從隔壁的劉大媽撇下我先走一步，我的世界已經再沒有了春天，天下最痛苦的事，莫過於青春仍在，愛情已逝，

白髮人送黑髮人啊……」

「啊?」只見大家的嘴巴全都張成了「○」形，半天都合不上。

夥計甲問道：「哥兒們，難道你缺少母愛嗎?!」

夥計乙白他一眼，扭捏著掐了他一小把，輕聲道：「討厭，真討厭，恨死你了。」

全體暈倒。

最後一個發言的是大堂女領班：「我心裡的英雄是一個無名的人，他沒有秦始皇的文韜武略，也沒有漢武帝的雄心壯志，更沒有成吉思汗的射雕彎弓，平時閒暇之餘唯一的愛好，也只是喝喝酒，打打架，調戲調戲妹妹，意淫意淫嫂嫂，溜溜鳥，打打牌，但他在我的心中依然偉大，他就是我一生追逐的夢想，一句話，他就是我的最愛，雖然他在我的心中有沒有名字都是一樣，但還是有人願意把他天天掛在嘴邊，他的名字就是：『武松』……」

你知道親嘴的滋味嗎?哦，抱歉，寫錯了，應該是，你知道心顫的滋味嗎?那就是我現在的感覺啊。

窗外的雨點稀稀拉拉，滴滴答答，引起的不僅僅是那一秒鐘的小小遐想……

唉，青春，請別爲我哭泣。

## 七月十四　萬里無雲

今天張青的新嫁接品種問世，邀請我們前去觀看，大家邊走邊吃，邊吃邊吐，邊吐邊評，夥計甲第一個說道：「老大，你這腦袋大的西紅柿我可真是生平頭一次見到啊！」

張青搖晃著腦袋說：「嘿嘿，趕明兒我做一個籃球大的，讓你嘗嘗。」

夥計甲繼續說道：「就是，就是……就是這味道……」

張青問：「怎麼樣？」

夥計甲：「怎麼有點兒像番茄呀？」

話沒說完，就被夥計丙擲過來的一顆馬鈴薯砸倒，眾人上去痛打一頓，邊打邊說：「奶奶的，不知道就別瞎說，番茄不就是西紅柿嗎？你是不把馬鈴薯當地瓜，還是不拿紅薯當熱狗啊?!」

這邊還沒打完呢，那邊一個夥計高聲叫道：「哇！」

眾人跑去一看，見他手裡拿著一個雞蛋大小的東西，說圓不圓，說方不方，簡直就是一個四不像，便問張青：「這是什麼？」

張青琢磨了半天，說：「這是我嫁接的櫻桃。」

我的天哪，沒看出來，這張青大傻冒居然還會變嫁接魔術？也不知道到底是真的假的，乖乖，看來確實是人不可貌相啊……正思索間，只聽得那夥計端詳著那顆網球一樣大的櫻桃，嘖嘖讚歎：「這麼大呀，簡直跟我馬子的胸部一樣大！」

眾人一起喊道：「切——！」

那夥計白大家一眼，慢慢說道：「你們知道什麼！我是說，和我馬子的奶頭兒一樣大！」

話音剛落，只見綽號「飛機場」外加「平板鍬」的大堂女領班「撲通」一聲摔倒在地，口吐白沫，休克了過去，被救醒之後，慢慢睜開眼睛，向老天爺大聲叫道：「天啊，世界怎麼如此不公平啊——！」

## 七月十五　晴

# 做破產的人肉包子

今天大家的心情和天空一樣晴朗，聽打劫路過進來喝茶的晁蓋說，今天是牛郎織女見面的日子，也就是宋朝的情人節，屬於法定節假日，一方面爲了節省三倍的工資和獎金，再一方面也爲了自己的小九九，我特批准放假一天，大家都興高采烈，激動地鬼哭狼嚎。爲了掌握每個人的動態，以免夥計們有與跳槽公司接觸的機會，我特地把上次在選美大會上買的幾個竊聽器縫進了他們的衣服裡。

晚上，從陽谷縣偷偷尋找武松未果，爲了彌補空虛和無聊，我通過竊聽器暗暗統計了一下大家的行蹤，具體情況如下：

夥計甲（男）：和女朋友看三級片一部，購物若干，和路人吵架三次，隨地吐痰一口，被罰款三錢，在街上撿到一串劣質項鏈，沒有及時交給捕快叔叔，自己裝到了兜裡，不料被失主發現，遭痛毆一頓，老拳三記，獲額頭上大包一個。

夥計乙（男）：外出到網路公司兼職打工，發布娛樂新聞十九條，其中關於李濕濕和皇上的緋聞多達十八條，有三條新聞全部配以狗仔隊拍攝的數碼照片，其中兩張照片異常清晰，網友下載次數達到一萬兩千兩百八十七次。

夥計丙（男）：準備回老家探親，沒想到一出門便被一夥中老年婦女用塑膠袋套

頭，拉到後山強姦三次，醒後拍打拍打身上灰塵，面不改色心不跳，瀟灑下山。

廚房打雜的（男）：賭博三個時辰，連內褲都輸了，最後在路邊找到一堆破麻袋片兒裹到腰間，回客棧途中被誤以爲丐幫八代長老，收受幫中弟子賄賂及紅包若干，其中含假幣七張，共計銀錢三兩。

衛生員兼大堂祕書（女）：一整天都一個人待在小屋裡，抱著劉德華和武松的照片發春，期間一共休克三次，次次都口吐白沫，不過最後全部自行痊癒。

我又檢查了張青的竊聽器，簡直要氣暈了，這廝居然跑到城裡和女網友見面去了！這分明是對愛情、對婚姻、對現代家庭的背叛嘛！我二話沒說就提了個帶纓的大蘿蔔跑到臥室，朝著在電腦前上網聊天的張青就是一通暴打，等我把蘿蔔也打斷了，張青才來得及告訴我說：「我發誓，再見網友就是個鳥！——這世界，恐龍太他媽多了！」說完還掏出那個在網上叫「櫻桃小丸子」的女網友的照片讓我看，乖乖，愣是沒敢看第二眼，我就把隔夜飯都吐出來了，照片上那還叫個人嗎？鷹鉤鼻子大咧嘴，鐵桶粗腰掃帚眉，一臉疙瘩，滿嘴的口水，天使般的身材，魔鬼般的面容，媽呀，那簡直就是恐龍中的極品啊……

不過這我也饒不了他，晚上張青共計受到懲罰九項，分別爲：做伏地挺身一百五十

個，擦地板兩遍，給老娘洗腳兩隻，拿大頂三個時辰，重複朗誦詩歌《我是一隻小小鳥》七十五次，喝醋三斤，表演馬鈴薯變蘋果的魔術四次，對我說「我愛你」九萬五千三百六十二次，哭泣十三分鐘。

## 七月二十四　陰天

今天張青進城買農藥回來，順便給我捎了一盒減肥茶，上面寫著「三天見效，無效不但退款，還可以隨便打銷售商的臉」的字樣，嗯？難道這玩意兒真那麼靈？

自從嫁給張青，我的腰圍就見天瘋長，不但早早地就超越了胖子老爹，而且最近更有一舉將倭國的相撲運動員在我面前變小矬子的傾向，再不減肥可就真的不行了，不過肥胖不是病，減起來真要命，從減少飲食到多餐少吃，從喝白開水到吃小黃瓜，從萬里長跑到參加越野，從親自上廁所到自己打秋風，所有的辦法都用盡了，這「母夜叉」的外號還是不脛而走，娘的，想當年哪，我二娘還是少女的時候，一口氣爬五樓，不費勁兒，天天吃著各種維生素，嘿，還水果味兒，效果不錯，還實惠，到現在，別說五樓，

單單上個十字坡我都得喘半天的氣，太痛苦了。

前天遇到以前來應聘的阮小二，長得那叫一個瘦骨嶙峋，好像三十天沒吃飯似的，問他訣竅，他居然說：「知道你爲什麼那麼胖嗎？都是豬肉催的！」哼，我天天都吃人肉，老早就不吃豬肉了，這不是明擺著騙我嗎？我才不信呢。

沒說的，一口氣就把三十粒減肥藥片吞進了肚子裡，可這整整三個時辰一點感覺都沒有，別說拉肚子，反而更加來了胃口？

哎，還有一顆好像還在嗓子眼兒沒咽下去，趕緊拿手摳出來這麼一看，天哪——只見上面清清楚楚地印著四個小字兒：「心理作用！」

## 七月三十　陰

這日子是快沒法兒過了，上個月剛交了半年的人頭稅，今天又來了一幫人，胳膊上還戴著紅袖章，說是什麼環境保護部門的，要求本客棧交納污水處理費，三個月一繳，一繳就是十兩啊，這還不連前天交的公共衛生保護費一兩，大前天交的打劫特殊行業服

務費四錢，大大前天交的保護水資源費三十二文，大大大前天交的……嗚嗚，苛捐雜稅害死人呀。

**八月初六　晴**

今天聽到一個消息，好像是朝廷要派人組織一次草寇聯誼會，被邀請的名單中居然有新金庸客棧?!哼哼，我們可是正經八百的生意人呀，和草寇怎能同流合污?!污蔑，簡直是污蔑！你們可以侮辱我，但決不可以侮辱我的職業！

**八月十五　月亮圓**

今天是中秋節，一個團圓的好日子，爲了避免像隔壁客棧被以「不得使用童工」和「不得在法定節假日勒令員工上班」爲由處罰十塊大洋的結果，我一早就給大傢伙兒放

了假，讓回家找老婆的找老婆，奶孩子的奶孩子，找對象的找對象，愛賭博的去賭博，總之一句話，他們愛什麼就去做什麼。

事情就是這麼巧，屋漏偏偏老下雨，這不，剛剛給夥計們放了假，那些鳥人們剛剛一哄而散，這客人就來了，本來以爲今天所有的人都在家裡待著，沒想到林子大了什麼鳥都有，還真有中秋節不在家過的。

進來的兩個青年男女，樣子顯得比較親熱，男的在櫃枱前辦理住宿登記的時候，那女的還一個勁地往他懷裡鑽，蹲在櫃抬底下的張青抬起腦袋琢磨了半天，說了一句話：「這兩人啊，不是老婆丈夫就是姦夫淫婦。」——嗨，這不廢話嗎？

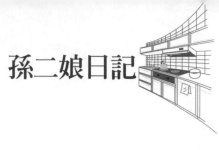

我和張青跑前跑後忙了半天，好不容易把他們倆安頓了下來，平時我哪會幹這活兒啊，真是累得夠嗆。要說這兩個客人也真是夠矯情的，不但要求換上粉紅色的窗簾，點上兩根兒大紅蠟燭，而且還要求放一首周華健的《我的情歌》，奶奶的，我就沒見過這號人。這還不算，把他們的全部要求解決之後，男的那傢伙居然還吵著非得吃武松他哥，也就是武大做的月餅，張青嘟囔了一聲「武大是賣炊餅的，哪兒有月餅賣啊？」就被那兩人威脅，說要告上消費者協會，昏倒。

不過這消費者協會沒來人，倒是衙門的人來了，一問，是查房間的，說是最近掃

黃。笑話，我這裡有什麼黃可掃的，土倒是不少，可以使勁掃掃。

結果還是被查出了問題，問題就是剛剛住宿的那兩人沒有結婚證，還說我們這叫縱容野鴛鴦——這罪名我可是頭一次聽說。

不管怎麼委屈，這罰款我還得交，不然這大過節的，誰拉了臉也不好看。叫我沒想到的是，剛交了罰款還沒過多久，喝得醉醺醺的夥計甲就回來告訴我說，那一對男女和幾個公差正在路上分錢呢。

唉，心情真是糟糕極了。

# 說不盡的武松哥哥

下午，武松又給大家講了一個真實的歷史武俠故事，說的是秦始皇的奶奶鄰居的二叔的小舅子，遇上了幾個英雄，分別叫做無名、殘劍、飛雪和長空，這幾天在武松的嘴巴裡打得那叫一個天昏地暗，亂七八糟，講完之後，大家的口頭禪現在已經變為：「我要在十字坡上打下一個大大的疆土，所有的客人都是我們嘴裡的肥羊！」

都是電影給害的。

真沒想到武松還挺有一套的，除了抓奶龍爪手的絕技，竟然還有一個說書的三級職業證書。看來這真是藝多不壓身啊。

## 水滸傳原文賞析

武松聽了這話，自家肚裡尋思道：「這婦人不懷好意了，你看我且先耍她！」武松又道：「大娘子，你家這酒好生淡薄，別有甚好酒，請我們吃幾碗。」那婦人道：「有些十分香美的好酒，只是渾些。」武松道：「最好，愈渾愈好。」那婦人心裡暗笑，便去裡面托出一旋渾色酒來。

武松看了道：「這個正是好生酒，只宜熱吃最好。」那婦人道：「還是這位客官省得。我燙來你嘗看。」婦人自笑：「這個賊配軍，正是該死！倒要熱吃！這藥卻是發作得快！那廝當是我手裡行貨！」燙得熱了，把將過來，篩作三碗，笑道：「客官，試嘗這酒。」兩公人那裡忍得饑渴，只顧拿起來吃了。

武松便道：「娘子，我從來吃不得寡酒，你再切些肉來與我過口。」張得那婦人轉身入去，卻把這酒潑在僻暗處，只虛把舌頭來咂道：「好酒！還是這個酒衝得人動！」

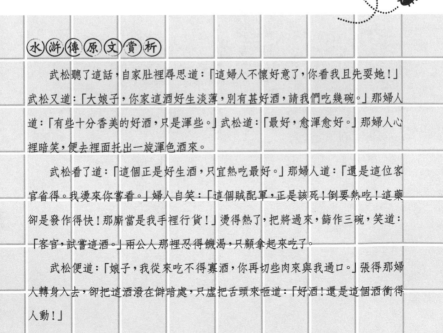

## 九月初三　小風

今天聽說了一件事兒，是從陽谷縣傳來的，說是武松跟著潘金蓮，不，應該是潘金蓮跟著武松私奔了，把武大氣了個半死，最後幸虧多年暗戀他的茶水店老闆娘王婆精心救治，才幸免於難，最後怕丟人，只好編了個謊言說武大被西門慶所傷，武松為兄報仇，把西門慶給狠狠咬了一口，最後因為西門慶感染狂犬病毒，所以武松被判有期徒刑三天，剝奪咬人權利終身……聽聽，這可都是緋聞哪。

這西門慶也夠倒楣的，這次又為武松背了這麼一大口黑鍋，他的心情也可想而知了，這還不說前幾天他就心情不爽了，那是因為有一家缺德的出版社把他做為一個浪蕩公子的原型寫到了一本叫做《金瓶梅》的色書裡，還說他最後精盡人亡。

不過據說這本書賣得很火，裡面的內容也很吸引讀者的眼球，傳說那個作者還是最近頗為走紅的下半身寫作的美女作家，改天我也得買一本來看看，括弧，一定要買盜版的。

# 說不盡的武松哥哥

## 十月初一　晴天轉多雲

今天早上剛醒，就聽見一個新招聘來的小夥計在院子裡練嗓子，聽口音是東北的，唱得風格兒還是Rap，有說有唱的，有打有鬧的，感覺還湊和：「今天天氣不錯，挺風和日麗的，我們早上沒有事兒，這的確挺爽的……昨天我坐在椅子上拖地板，來了一個美麗的姑娘，她猛然從椅子下變出一本書，書名沒看清楚、看見『我的』兩字、那感覺就像：（念白）『小樣兒，你新來的吧？』我新、新、新、新、新來的吧，我是新、新、新、新、新來的吧，我說妹子，我眼瞅著都快長鬍子的人了，拿你們這新人一族還是無可奈何……這就是我們的十字坡，我們的客棧，這就是，我們的十字坡，我們的，客棧！」

哇！好久都沒有聽到過這樣曲調優美、慷慨激昂、叫人感到熱血澎湃，高潮是一波接著一波的歌兒了，這可了不得，所以我沒等把牙刷完，就把他叫到了床頭，問他：「小子，叫啥玩意兒？」

他道：「俺叫石秀。」

我怒：「廢話！我是問你這歌兒叫啥？」

石秀道：「哦，叫《大學自習曲》，哦，不是，叫《客棧自摸曲》。」

我問：「還有沒有別的好玩兒的？」

石秀馬上來了興致：「是問遊戲嗎？我前幾天剛從網上下載了一個網路遊戲，叫《大話東遊》，點數卡不貴，還便宜，一玩三天不掉線，一口氣衝五關，氣都不帶喘的，那真是……」

我又怒：「找打是吧？我是問有沒有好聽的歌兒？」

石秀吐吐舌頭，趕緊來個稍息立正，順手把我昨天晚上放在地上的洗腳水喝了一口，潤了潤嗓子，打著節奏唱道：「老張騎驢去東北，摔了！肇事毛驢耍流氓，跑了！遇到一個東北人，送到郎中縫五針，好了！老張請他吃頓飯，他說啥也堅決不幹，他說，說，說：『我們東北都是高麗參，恩恩恩，我們東北都是活雷峰，恩恩恩，我們不能吃你的飯，因爲你們都是瞎騙人。翠花，上蒙汗藥！』」

一口氣唱完，石秀鼓著發抖的肌肉問我：「姐姐，怎麼樣？」

我回答道：「我呸——蒙汗藥是你隨便唱的嗎？！」

## 十月二十　陰

真是說曹操，曹操就到，比應聘店小二報名的還來得快，前天剛聽說武松和他嫂子私奔的事兒，今天就見到了活人，不禁叫我猛一陣此起彼伏……人生何處不相逢啊！

一大早剛開門，就看見武松和他嫂子，也就是潘金蓮，勾肩搭背地走進來，一進門就大剌剌地坐到了客棧裡最正中的桌子上，一上來就要十盤花生米，三瓶兒啤酒，還完全不顧及在座諸多純潔小處男店小二的耳朵，給潘金蓮大講黃段子，虧得我出道前的外號就做「千米眼，招風耳」，隔著牆都能聽見一個：

武松說道：「前幾天，我喝多了酒，在縣衙門大鬧，到處嘔吐不說，還砸壞了三個花盆兒，那叫一個強——到最後，我還嫌不過癮，就在大堂上大罵：『縣太爺算個球！』——倒，沒想到縣太爺不知道是前一天晚上睡覺沒蓋被子，還是買了過期變質的奶油餅乾，那時候正在廁所裡吭哧吭哧地呢，這不，就給聽見了，出來一臉大怒地問：『我是球，你們算什麼？』幸虧我當時靈光一閃，反應敏捷，撒嘴巴就說：『我們算

毛，緊密地團結在您的周圍！』」

話音剛落，頓時博得了滿堂喝彩，不但眾人大聲叫好，還有人居然捧上了熱茶……他們以爲武松是說書的？不光如此，我瞇著眼還看見在武松說書的過程中，潘金蓮從始至終都是一臉崇拜，看那意思，武松就是明星啊，別說F4，就是會開電毛驢兒的那幫F1哥兒們都沒他瀟灑英俊，惹人待見。

說完這段子，眾人一片歡呼，一致要求武松再把打虎的那一段精彩內容重述一遍，武松顯然早已習慣，張嘴就來：「當哩個當，當哩個當，閒言碎語不要講……」「當哩個當，當哩個當，當哩個當哩個當哩個當……」眾人一起給他打起板兒來。

武松繼續：「當哩個當，閒言碎語不要講，聽我表表山東的打虎英雄武二郎！那武松，有一日，來到了，景陽崗，聽說過，沒見過，山岡上，有大蟲……」『大蟲就是老虎……』潘金蓮打斷武松的話，自作聰明地插嘴解釋道，不料被一干聽得津津有味的店小二抄起一把茶壺就摜了過去，正中額頭，『砰』地一聲炸碎，潘金蓮盈盈而泣，武松隨手掏出一張擦鼻涕的手絹遞了過去，只見上頭早已掛滿兩行黃蟲般的物體，眾人一陣噁心，都嘔吐起來。

等大家情緒逐漸恢復，武松繼續打著快板兒說道：「山岡上，有大蟲，俺武松，

# 說不盡的武松哥哥

信個啥，說不怕，是瞎話，進了店，來三碗，喝下去，壯了膽，腦子熱，心發顫，不禁得，返回前，心裡想，我他媽，就不怕，誰說懼，我就敢，這叫啥，二百五……」

眼看得武松嘴不停蹄地娓娓道來，眾人不禁爲這個陽谷縣最出名的青壯年文盲的出口成章驚訝得一片寂靜，嘴巴全都張成了「〇」形，聽著他繼續發揮：「話不說，把山爬，半路上，把屎拉，忽然間，身後響，回頭看，是大蟲，我心想，真他媽，真叫巧，真叫怪，偏偏啊，我遇上，是爲啥，是爲啥。說時遲，那時快，虎見人，往上撲，我是誰，武英雄，甭驚訝，咱會怕？」——「笑話！」眾人接口道。

武松喊聲好，繼續張大著嘴巴亂侃，語速也隨之愈來愈快：「一瞬間，一剎那，眼一睜，手一紮，沖老虎，一把抓，老虎一聲『救命啊』，已然痛苦又驚訝，要問牠是怎麼啦，這次累了下次吧——」

武松賣個關子，自己坐下喝酒，再不理會眾人。大家都被這個精彩的關子激動不已，不敢過去詢問，只待在原地不動，嘴巴裡留著哈喇子等著……

一炷香過去了……

一袋煙過去了……

一個時辰過去了……

他還是不說！

這下眾人著急了，過去一把抓起武松的衣服，大喊道：「到底怎麼回事？說不說?!」

武松白眼一翻：「打死我都不說。」

我再也忍耐不住，過去說：「都頭，我了解你的心思，這頓飯錢我不要了，你告訴大家吧。」

武松微笑著點點頭，說道：「知我者，二娘也……」話沒說完就被一堆雞蛋、西紅柿和馬鈴薯暴風驟雨般地砸了過去，武松趕緊站起來，大聲說道：「知道爲啥老虎求饒了嗎？」

大家齊問：「爲啥？」

武松嘿嘿一笑，說道：「我抓住了她的奶子！」

啊？母老虎?!

我下意識地捂住了自己的胸部，可還是被張青那傢伙看見了，暈啊……

## 十月二十八　晴

自從武松講了那個故事之後，大家都無法忍受沒有笑話和故事的日子，於是，武松便趁勢和潘金蓮住了下來，除了不掏任何住宿費和飯錢，最近竟然每天還要求爲他安排桑拿和按摩，唉，看在夥計們精神匱乏的份上，看在武松是我夢中情人的份上，就勉強依了他吧。

下午，武松又給大家講了一個真實的歷史武俠故事，說的是秦始皇的奶奶鄰居的二叔的小舅子，遇上了幾個英雄，分別叫做無名、殘劍、飛雪和長空，這幾天在武松的嘴巴裡打得那叫一個天昏地暗，亂七八糟，講完之後，大家的口頭禪現在已經變爲：「我要在十字坡上打下一個大大的疆土，所有的客人都是我們嘴裡的肥羊！」

都是電影給害的。

真沒想到武松還挺有一套的，除了抓奶龍爪手的絕技，竟然還有一個說書的三級職業證書。看來這真是藝多不壓身啊。

# 孫二娘日記

## 十一月初三　小雪

今天又來收稅的了。這已經是這個月第十八次了，再這樣下去，估計人肉包子做得再多都賺不夠繳稅的了。

和張青一合計，這個月算下來殺了十一個人，其中可食用的有九人，另外兩個只能去做黑心棉和黑心油，再加上發給夥計的工資和獎金，以及武松每天的花銷，還包括我用的化妝品和張青用的化肥，再加上蒙汗藥的本錢，淨虧白銀十三兩。

這還能叫人做買賣嗎？聽聽今天收的什麼稅：「私自屠宰管理稅！」

這日子沒法兒過了。

## 十一月十一　晴，路滑

今天是一個悲傷的日子。都說人生無常，今天才算真正領教。一大早，就來了一幫警車，還帶著飛虎隊，個個兇神惡煞的，亮了一個通緝令，就把武松給帶走了，說是要

# 說不盡的武松哥哥

發配河北滄州，本來想讓他路過全國出名的批發雜物的城市石家莊的時候給我捎帶進些衣服和別的啥東西，回來好賣，可還沒來得及告訴他，就被帶走了，聽說罪名是武松在大街小巷的牆壁上寫自己女朋友的名字來著，據說，武松辯解的理由是：

金蓮啊，
我在天空寫下你的名字，卻被風兒帶走了；
我在沙灘寫下你的名字，卻被浪花帶走了；
於是乎，
我就在大街小巷的每一個角落都寫下你的名字；
乖乖，
我被警察帶走了！

事實上，武松是因爲把潘金蓮的名字寫到捕快隊隊長二大爺家的牆上了。

武松就這麼被帶走了。輕輕地，他走了，他輕輕地揮了揮衣袖，沒帶走一片雲彩，他的人被帶走了，也把我的心帶走了……

# 孫二娘日記

## 十一月十五　小雨

晚上，和張青吵了一架。沒什麼理由，就是心情不好。不知道是不是因爲這樣的天氣。

心情很亂，之後是爭吵後的寂靜，我很固執，可還是說了抱歉。

讓步是我溫習了多年的功課，即使是在那個說要更加愛我的男人面前。我知道自己是一個倔強的女子，任性是我的壞毛病，小脾氣來自爹媽對我過於溺愛，但是我有恰到好處的讓步，退一步又一步，他卻不明白我要的只是一點點點點的包容……

我以沈默結束戰爭。

他懂的時候，我心裡只剩下麻木。愛情，原來也是一種我們堅持不來的捉弄……

## 十一月十九　大雪

這朝廷給老百姓的印象是愈來愈差了，昨天剛聽說一個叫林沖的原保安隊隊長被抓到山神廟給暴打了一頓，理由是他偷看高俅的兒子高衙內洗澡，還把高衙內胳肢窩裡長著的痱子到處和別人說，結果致使高衙內泡林娘子徹底失敗，他們便把林沖一頓飽打，還要發配到野豬林……你看，這朝廷腐敗到啥程度了？

真是叫人失望。

下午，又來了幾個收稅的，領頭的好像叫徐寧，手裡拿著兩杆鳥槍，我一見，大驚：「你莫不是雙槍將徐寧？」

徐寧不好意思地把臉上的膏藥取下，紅著臉說：「這樣也能被人認出來。」

我說：「誰不知道雙槍將啊？你怎麼也到稅務部門了？」

徐寧點了一根煙，深深地吸了一口，又深深地吐了出來，一聲歎息道：「唉，說來話長啊，我上次去翠花樓給皇上叫雞，領回去之後卻惹得龍顏大怒，他是嫌那個叫如花的長得太粗壯了，乖乖，他哪兒知道啊，那裡的小姐體重都在兩百公斤以上啊，如花放在那裡就算婀娜多姿、苗條淑女了啊，結果回去之後皇上第二天就被壓病了……（此處省略一萬兩千四百二十五字），如此這樣如此這般，我就被調到稅務部門了。」

聽完徐寧的解釋，我們都不禁感動落淚，最後，徐寧一拍桌子，大叫道：「這樣的日子老子受夠了！再不造飯，更待何時！」

張青趕緊道：「您別生氣，我們馬上就做飯，馬上就做。」

徐甯看起來對張青的智商非常失望，說道：「豬頭哥哥，我是說『造反』，不是『造飯』！」

張青和我大吃一驚，呆在那裡，不知道該如何是好，一方面，我們的稅實在是無法交納了，再交的話，別說二娘，就連二娘的老娘都得吃西北風了，但要是造反，那不是觸犯法律嗎？現在的法律都那麼嚴，律師收費也那麼貴，萬一判了刑，被發配到尼泊爾啊馬來西亞啊，和一群黑鬼們天天在一塊兒挖土，那可怎麼辦呀？

徐寧見我們的決心不夠堅決，繼續說道：「你們不知道，離這裡不到十個時辰的路程，往北，有一個叫梁山的旅遊勝地，那裡三面環海，四季如春，空氣新鮮，花紅草綠，是一個旅遊度假，開會療養的絕佳地方，上去參團入伙的話，不但不要手續費，而且門票還可以打三折，帥哥多，美女也不少，年底還有分紅和獎金，幹得好的還可以分到白麵和豬肉，而且秋天還會給每人發一包橘子粉和二斤白糖，伙食好，價格也不高，

最重要的殺人不用償命，天天還可以玩殺人搶劫的遊戲……」

「停！」張青突然冷冰冰地說道：「老實說吧，我們倆上去入伙的話，你能領到多少好處？」

徐寧眼見敗露，不好意思地說：「上去一個人，回扣我三錢。」

「胡說！這麼少?!說實話！」張青吼道。

「真的就這麼多……」徐寧還在堅持。

「放屁！」張青大叫：「你當我不知道啊？一個人回扣三兩銀子，對不對?!」

徐寧大驚道：「你怎知道？」

張青冷冷地看了他一眼，順手從口袋裡拈出一張宣傳單來，只見上面用歪歪扭扭的字體寫道：

**關於水泊梁山招收各種犯罪分子的決定**

梁山黑社會一〇七號令：

按照有關文件和指示，為了繁榮經濟和發展壯大，我們決定從今天開始，接收各類罪犯和地痞小流氓（包括小偷和強盜），反正一句話，只要是混不下去的，就是我們喜歡要

的，梁山就是大家最好的避難所，沒人能夠找到這裡，也沒人敢到這裡找人，總而言之，不管你是殺過人，還是殺過豬，無論你是偷過錢，還是偷過人，我們都非常歡迎你的加盟。

機不可失，過期還候。

注：特別歡迎在押犯罪分子。

另一：對於不會打劫或殺人的同志，只要你願意成為我們的一員，我們將不惜任何代價把你教壞，從小偷小摸到搶劫放火，這裡有著一百多位這樣的精英，他們都是你最好的老師，包教包會，如若一個月內仍然不會，退學不太可能，但完全可以免費再學；對於豬頭類的弱智人員，我們將組織培訓，或不定期去美國及西班牙等海盜和黑社會猖獗的地區和國家觀摩學習，護照自偷，吃住免費。

另二：對介紹別人上山者，每一位獎勵推薦人／介紹人白銀三兩，決不賴皮。

聯繫人：宋江、吳用

地點：水泊梁山之和平飯店

時間：一一〇一年即日

徐寧看完後大驚失色道：「你也有這個？」

張青道：「那幾天日日有人四處散發宣傳，是個看得懂字兒的人都有。」

不過話雖這麼說，回扣也不掏，但是，面對這些如狼似虎的官差捕快，面對如此連綿不絕的苛捐雜稅，我們還能堅持到什麼時候呢？我們是應該關門上梁山開分店去，還是應該再苦苦地像堅守愛情一樣地在這裡堅守？

愛，或者離開；生存，還是死亡；走，還是留，好死，還是賴活著……

這些，都是個問題。

## 臘月初三　冰雹

正當我迷茫之際，老天開眼，叫我遇到了人生中最大的貴人——今天早上一開門，便來了一位老者，年齡不小了還保養得跟周杰倫的哥哥一樣，也不知道用的是什麼護膚化妝品。

這人一進門就喊我的名字，看到我之後卻驚訝地說不出話來，我問他：「爺們兒，你哪位？」

他說：「老朽施耐庵是也。」

我問：「屎耐干……？」

施耐庵大怒：「見了貴人也不倒茶水伺候著，小心我抽你幾鞭！」

我大怒問：「你個老小子算什麼啊？說倒茶就倒茶！」

施耐庵道：「老子是你的作者，是你的貴人，是你的姐妹，是你的BABY，哦，不是，我是施耐庵，沒有天來哪兒有地，沒有我來哪兒有你，沒有你來哪兒戲，沒有戲來哪兒有《水滸》啊！」老頭兒漂亮地打了個口哨，說道：「知道你是打哪兒來的嗎？」

張青趕緊舉手，大叫道：「我知道！她是從她媽媽肚臍眼裡出來的！」

施耐庵笑著摸著張青的腦袋：「唉，你個可愛的小豬頭啊……」

我問：「你想幹嘛？」

施耐庵：「我來就是想告訴你，你應該選擇去梁山。」

「憑啥讓我聽你的？」

施耐庵不耐煩地：「你去還是不去？」

「不去！」

「去不去?!」

「聽好了，老娘說——不去！」

施耐庵附過來，在我的耳朵邊上說了一句話，我渾身一震，立刻說：「現在就走，Let's Go！」

施耐庵走後，張青問我：「姐姐，那老傢伙跟你說什麼了？」

我說：「我就不告訴你，他跟我說武松也在梁山。」

張青可憐巴巴地問：「那你什麼時候才肯告訴我，他跟你說了些什麼啊？」

我一揮手，他的臉上頓時「啪」地一聲五個紅指印兒：「大蠢豬，給我滾蛋！」

# 道不完的梁山好漢

接下來，宋江開始正式開會：「同志們哪，今天除了掏大糞的武松和栽果樹的張青沒來得及趕上這次大會，其餘的都不錯嘛，都來了啊，除了沒來的都來了啊，好吧，那我現在就開始講話啦！話說最近啊，梁山的人馬是愈來愈多，我們現在是兵強馬壯啊，虧得我英明的領導，更虧得大傢伙兒的齊心協力！」

他微笑著看了一眼大家，接著念道：「括弧，此處有掌聲，」

念到這裡，他回頭狠狠地瞅了一眼吳用，小聲罵：「掌聲就掌聲，整個『括弧』幹啥玩意兒？」

## 水滸傳原文賞析

到得關下，軍師吳學究等六人，把了接風酒，都到聚義廳上，焚起一爐好香。晁蓋便請宋江為山寨之主，坐第一把交椅。宋江那裡肯，便道：「哥哥差矣。感蒙眾位，不避刀斧，救拔宋江性命。哥哥原是山寨之主，如何卻讓不才？若要堅執，如此相讓，宋江情願就死。」晁蓋道：「賢弟，如何這般說？當初若不是賢弟擔那血海般干系，救得我等七人性命上山，如何有今日之眾？你正該山寨之恩主；你不坐，誰坐？」宋江道：「仁兄，論年齒，兄長也大十歲。宋江若坐了，豈不自羞？」再三推晁蓋坐了第一位。宋江坐了第二位。吳學究坐了第三位。公孫勝坐了第四位。

# 孫二娘日記

## 臘月初八　雨夾雪

今天，一個叫人委屈和心碎的日子。

西元一一〇一年，大宋朝的臘月初八，我正式加盟了梁山的黑社會，成爲了賊寇組織的正式一員。

曾幾何時，我的夢想是考上一所名牌大學，就算當不成女狀元，再不濟也是個校花，還要上個外國的ＭＢＡ，回來應聘到一個大的外企公司，從部門經理到ＣＥＯ，從粉領到金領，不管是ＩＴ界還是金融圈，人們都在廣爲傳誦著一句名言：「大款不識孫二娘，便稱色狼也枉然！」

可是，現在的我卻加盟了黑社會，成了古惑仔的一員，這怎麼能不叫我傷心難過，怎麼能不叫我珠淚滴答，窗外漫天的風雪，都是我那飄飛的心靈季節……

從此，我每天都吟唱著一首歌，並且在梁山廣爲流傳，這首歌兒的名字，就叫做「飄雪」。

## 臘月十八　難得有晴天

今天是我來梁山的第二天，色瞇瞇的宋江過來告訴我，武松去山下掏大糞去了，他自己還得跟著潘金蓮學刺繡，所以只能讓公孫勝和吳用陪著我在梁山轉轉，順便還可以認認路，觀觀光啥的，我問張青怎麼辦，宋江說張青早就去後山栽果樹去了，最近梁山上的眾人吃不著水果，造成維生素缺乏，現在大多數人的嘴角還都有潰瘍呢，現在好不容易來了一個會栽樹的，怎麼能不廢物利用。我說那他還會種馬鈴薯呢，宋江嘿嘿一笑，說咱們梁山要啥沒啥，不缺的就是兩個東西，一個是男人，另一個是馬鈴薯。

我聽了，眼前一黑，差點摔倒，好在吳用眼急手慢，不過還是沒接住我，叫我結結實實地摔了一跤。

起來後，我跟著公孫勝和吳用在梁山四處轉了一圈，除了滿山遍野的馬鈴薯和男人，我確實沒再見著什麼好東西。乖乖，看來的確是上了賊船了。

不過忠義堂倒是給我留下了很深的印象，除了門口蹲著的那兩隻石頭貓，前面的廣

場上還有兩面大旗，一面寫著：「替天行盜」，另一面寫著：「爲民出害」。

## 臘月二十　雨加小雪

今天是禮拜一，是梁山每星期一次的早會時間。我進忠義堂的時候已經坐滿了人，有的抽著煙，有的喝著茶，還有的在看報紙和摳腳丫子，更多的人則是在那裡竊竊私語。我看了一圈兒，還是沒發現武松，不禁一陣失落。

不一會兒，宋江和吳用姍姍來遲，盧俊義遂簡潔、痛快地宣佈道：「梁山早會，現在開始！」

台下稍微有些安靜，宋江清了清嗓子，吹了吹話筒，才慢慢說道：「兄弟們，一週一度的例假早會開始之前，我想給大家介紹幾個新入伙的朋友，第一個首先要介紹的呢，那就是新來的一個女同志，她以前是一個企業家，在十字坡經營著一家五星級的客棧，和她一起來的還有她的丈夫，一個農民，也就是一個種菜的，考慮到時間的原因，她丈夫我就不介紹了，大家散會之後慢慢認識吧，當然，不想跟農民認識的也就算了，至於這位女企業家的名字呢，雖說有些土，但還是透著颯爽英姿的意思，她就是——」

宋江用手一指我：「孫二娘！」

大家轟地一聲紛紛鼓掌，讓我臉都紅了，一個黑鬼跳起來，手持兩塊竹板兒，打著拍子叫道：「叫了一聲二娘哎，歡迎你到梁山來，我們都會把你愛，你的模樣把我拐，又美又麗皮膚白，野花家花都想採，你要不做梁山花，我們都要回老家！」

眾人一起鼓掌，我的眼睛竟然有些濕潤，天啊，我哪兒聽過如此豪放不羈的讚美表白啊！

宋江笑著說道：「這廝叫李逵，老光棍兒一個，你晚上睡覺小心些噢。」

我含羞點頭答應，他接著說：「下面介紹的是新入伙兒的另一個姑娘，她以前是一個大戶人家的閨女，其實本來應該過一段時間才來的，因爲我們還沒有攻打扈家莊嘛，但是考慮到這裡的男女比例失調得實在太過於厲害，所以我和施耐庵商量了一下，就把她和她的丈夫——一個小矬子，叫王英的傢伙給請來了，下面有請王英——的老婆扈三娘！」

大家更是掌聲雷動。一個苗條細杆兒，透著水靈勁兒，就是臉上的鼻子兩旁長著些蠶沙的姑娘走了進來，後面跟的是她的丈夫，乖乖，那可真叫一矮啊，簡直都能和武大有得一比了，他一邊走，旁邊有人一邊說：「這下哥兒們用不著自卑了！」一聽我旁邊坐

著的楊雄說，興奮著說話的那個同樣個矮的小傢伙叫時遷，是個小偷兒。

扈三娘剛剛落座，李逵就又站了起來，又手持兩塊竹板兒，又打著拍子叫道：「叫了一聲三娘哎，歡迎你到梁山來，我們都會把你愛，你的模樣把我拐，又美又麗皮膚白，野花家花都想採，你要不做梁山花，我們都要回老家！」大家又是一陣鼓掌，宋江又微笑著對扈三娘說道：「這廝叫李逵，老光棍兒一個，你晚上睡覺小心些噢。」

啊！都是一模一樣的呀?!

接下來，宋江開始正式開會：「同志們哪，今天除了掏大糞的武松和栽果樹的張青沒來得及趕上這次大會，其餘的都不錯嘛，都來了啊，除了沒來的都來了啊，好吧，那我現在就開始講話啦！話說最近啊，梁山的人馬是愈來愈多，我們現在是兵強馬壯啊，虧得我英明的領導，更虧得大傢伙兒的齊心協力！」他微笑著看了一眼大家，接著念道：「括弧，此處有掌聲，」念到這裡，他回頭狠狠地瞅了一眼吳用，小聲罵：「掌聲就掌聲，整個『括弧』幹啥玩意兒？」

接著，他繼續道：「可以預見的是，在不久的將來，梁山就是大宋朝最大規模的黑社會團體了，哥兒們我也可以混個教父當當，到時候，甭說些個大把的票子，體面的位子，新上山來的小妹子，就是大群大群的香車美女，金銀財寶，大傢伙兒都能吃香的喝辣的，我宋三郎決虧不了大家！跟著老子幹吧，美好的前途和光明的未來大地！」

大家一起猛烈地鼓掌，口哨聲響徹一片，都差點兒掀翻了會場。

### 臘月二十三　晴

初次來到梁山，我對這裡的一切實在好奇，倒不是說這裡有多麼大的吸引力，我想關鍵還是小時候和李濕濕養成偷看男廁所的習慣，還是個偷窺癖的問題，唉。

武松還是沒上山，真不知道梁山這幾千號人每天能拉多少噸大便，讓我的武松哥哥掏這麼多天了還沒掏完，可憐乖乖。

今天實在閒得無聊，便跑到宋江窗戶底下搞偷窺，開始是他跟潘金蓮手把手地學習刺繡，學著學著就學到床上去了，這姓潘的果然是名不虛傳，水性楊花。

後來另一邊窗戶底下也是一聲響，把我嚇了一跳。宋江黑著那張馬臉從那邊出去一看，原來窗戶底下早就站滿了人，分別是吳用、公孫勝、盧俊義和黑鬼李逵，後面好像還蹲著一個阮小五和張順。

宋江大怒，挨個地大罵一通，幾個人的額頭都快被宋江的手指頭戳紅了也不敢吭聲兒，最後宋江大喊一聲：「統統給我滾！都到廁所邊兒上倒立去！」說完，宋江又仔細看看，欣慰地說：「唉，看看你們這幫德性，要奶子沒奶子，要屁股沒屁股，還敢玩NP?!瞧瞧人家時遷，人家怎麼沒來？人家不也是個光棍兒嗎？人家怎麼這麼風格兒高呢？我就不明白了，同樣是梁山的幾口子，這人跟人的差距怎麼這麼大捏?!」

話還沒說完，就看見小矮子時遷「吭哧」、「吭哧」地喘著氣跑來，手裡還提著一個小凳子。

宋江頓時一口鮮血噴湧而出，噴了時遷一身。

宋江宋黑臉兒也確實夠不要臉的，把武松支走，趁機拿人家的老婆當破鞋搞，聽著都叫人害臊。不光如此，今天晚上我還聽在池塘邊上被宋江以「意淫扈三娘」為理由罰站三個時辰的劉唐說，宋江那傢伙居然還好意思跟英雄拉扯關係，冒充名門後代，非要說他是宋玉的第一百零八代傳人，我的天，就他那鞋拔子臉，還好意思和宋玉大帥哥拉關係？

嗨，這不是學劉備嗎？為了將來能當個芝麻官兒，也用不著這樣不要臉吧？據古書記載，劉備那傢伙最大的資源就是他的DNA和漢高祖劉邦發生關係，儘管經過了幾百

年，那個不事產業的流氓劉邦的DNA，到了這個父親早亡、流落爲小商販的劉玄德身上，已經稀釋得所剩無幾了，但在群雄並起、霸道橫行的漢末，皇室之後還是一面很管用的旗幟——此處說法有記載爲證：《續編資治通鑑第二部之網路分節》中有云：你看劉備和張飛、關羽剛見面，就亮出了自己的政治優勢：「我本漢室宗親，姓劉名備。」三人合夥做生意，組成一個黑社會性質的公司，雖然關羽、張飛武藝比劉備高得多，但比起殺豬的翼德，推車的雲長，漢宗室旁支的旁支的旁支劉備，其無形資產依然使他最具備做董事長的資格，自然，桃園三結義只能由劉備做老大，公司這一基本格局一直維持到白帝托孤，儘管在公司漫長的經營中，董事會成員愈來愈多。

劉備知道自己一窮二白，要幹出點名堂，唯一的資本就是「漢中山王之後」這塊招牌，所以在《三國演義》中，我們看到無數次劉備像祥林嫂那樣不厭其煩地表明自己的漢宗室身分。初出江湖，募兵去投幽州太守劉焉，「玄德說起宗派，劉焉大喜，遂認玄德爲侄。」最後這塊招牌擦得愈來愈亮，直到和漢獻帝論宗派，成了「皇叔」，那就更不得了，其正統的合法性更無人質疑……（此處作者刪去一萬零八字）

你看看，宋江那傢伙是啥想法兒？簡直就是當了婊子還想立牌坊的想法兒！作爲一個黑社會的頭目，居然還想跟一代帥哥拉上關係，他不就是看中宋玉曾經在朝爲過小官

嗎？

還是做山賊這份很有前途的職業去吧！想從良，還想改嫁？呸！

## 臘月二十八　陰，霧裡看花

今天是聖誕節，張青一大早就給我從後山上砍了一棵大松樹回來，搬回來的時候上邊兒甚至還住著一窩可愛的小松鼠，好可愛好浪漫噢。嘻嘻，這下宵夜有著落了。

不過聖誕節歸聖誕節，樹雖然需要些，但搬回這麼大一棵松樹來，儘管張青在上面插了許多蠟燭和蘋果核以做裝飾，但還是有些不倫不類，好像哪兒還有些不對勁兒。

果然，不到半夜，我就看見喝醉酒的施恩和燕青東倒西歪地走過來在樹下撒了一泡尿，後來是解珍和解寶兄弟倆拿著鐵鍬要過來砍柴，好不容易讓我的大呼小叫甚至以脫衣服威脅而嚇走，一撥接一撥的誤會的人們接踵而來，爲了保護這棵大樹，差點兒都把我給累死。

半夜被尿憋醒，下意識地往窗戶外面看了一眼，哇靠！那棵大樹正在搖搖晃晃地往倒摔，怎麼回事兒?!

喊醒連褲衩都沒來得及穿的張青跑出去一看，兩人的眼珠子都快瞪出來了：只見魯智深正在擼起袖子，拔那棵大樹呢！

我一急，大罵：「禿驢，你忘了你還有椎間盤突出哪！」

魯智深一回頭，雙目含淚，聲音哽咽地說道：「老子地位不高，職務不高，血壓高；走路不快，跑步不快，心跳倒快；喝酒不少，幹活不少，血糖減少；老子工作不突出，業務不突出，名聲不突出，就連老二也不突出，我椎間盤卻突出！」

## 臘月二十九　晴天

武松哥哥今天終於回來了，不知道是不是見了我太激動，還是連著幾天沒見過女人太興奮，一看見我他就上來一個熊抱，差點叫我喘不過氣來，倒不是激動成喘氣不勻，主要是武松那一身的大糞味兒叫我幾乎窒息，也不知道他掏了多少噸大便了，渾身上下都是米田共的味道。

但是不管怎麼樣，見到武松我還是特別高興，偷偷塞給他一瓶張青給我從法國郵購回來的香水，說：「二郎，好好噴噴，回去再洗個澡，就像個城裡人了。」

武松使勁用鼻子嗅嗅，疑惑地說道：「二娘，你怎對俺這麼好呢？」

我們一見面，我就發現在我心中湧動著一種我從沒有經歷過的感情，我知道這就是愛情，洶湧澎湃的愛情，丘比特靈巧的雙手執起一支金箭，準確無比的穿過了我和他的心臟。

我臉馬上紅了，說不出話來，武松眼見如此，縱使腦子再笨再傻，也知其中緣由滋味，馬上雙目含羞，滿臉潮紅地輕聲叫道：「二娘……」

我也輕聲道：「二郎……」

「二娘……」

「二郎……」

「二娘……」

「武松！」乖乖，嚇我一大跳，誰這麼大喊了一聲啊?!一看，原來是宋江站在院子裡，黑著臉兒叫道：「回來還沒去簽到，就來泡妹妹？」

武松羞得兩隻手抱著臉跑了出去，一邊兒跑一邊兒叫：「討厭，人家沒有泡她，是

她在泡我……」

話音未落，只見宋江趴到地上大口大口地嘔吐起來。

我順便觀察了一下宋江的嘔吐物，原來宋黑臉兒早上吃的是火腿煎餅，他自己吃這麼好的東西，卻叫我們吃大鍋飯，跑食堂！

## 臘月二十九　半夜　漫天星斗

這幾日雨甚是大，一陣陣的下得恍若隔世。

我凝視著飛馳而過的流星點點，在心裡對著自己心中的愛人低低細語。

會想你的，會想你，我愛過的人。

你在這個思念如夢的夜裡，可有一絲思念我？

有時會無緒煩躁，許是心裡積了太多的塵埃。

終是有一日抵不過世俗的，我們都是，終是會驕傲的低下頭，歸塵，歸土，歸於平庸。終是不甘又無可奈何。

親愛的，我最親愛的，你有沒有在睡夢裡聽到我輕輕的笑，微喚你的名字？

特別是來到梁山的時候，我記得我是這樣的愛你，卻從未提及。

你也曾經，愛過我嗎？

### 大年三十　小晴

今天是一年一度的除夕夜，爲了獎勵一年來各路頭領和各類梁山麾下大小團伙的功勞，體現鼓勵和溫暖的指導方針，宋江和吳用幾個豬腦袋商量了一下，決定舉辦一次「梁山春節聯歡晚會」，具體細則如下：

**梁山春節聯歡晚會**

主辦：梁山水泊、梁山電視台

協辦：梁山旅遊資源開發有限公司

合作單位：梁山日報、方臘造反集團、梁山網

【組委會成員】

總導演：宋江

總策畫：吳用、柴進

總編排：公孫勝、盧俊義

劇務：空缺，招募中

（條件：長相：武官端正，文官湊乎就行；

身材：比李逵瘦些，比時遷壯些；

年齡：八歲以上，八十歲以下都行；

報酬：盒飯一份，外加免費茶水；

時間：沒有截止時段，隨來隨上。）

【詳細節目單】

主持人男：林沖

主持人女：孫二娘

晚會具體節目及上場順序：

↓開場歌舞：《春天來了，冬天還會遠嗎？》

表演者：扈三娘、梁山舞蹈藝術團

↓歡天喜地大聯唱

《我不想說》演唱者：吳用

《風雨無阻》演唱者：林沖

《真的漢子》演唱者：宋江

《我是女生》演唱者：魯智深

《我想有個家》演唱者：雷橫

《你究竟有幾個好妹妹》演唱者：樂和

《無情的雨，無情的你》演唱者：阮小七

《我是不是該安靜的走開》演唱者：關勝

《最遠的你是我最深的愛》演唱者：楊雄

《我很醜，可是我很溫柔》演唱者：李逵

↓草裙舞表演：羞答答的玫瑰靜悄悄地開

表演者：林沖、花榮、董平、徐寧

↓小品：「傻『逼上梁山』」

# 道不完的梁山好漢

表演者：林沖、呼延灼、秦明、柴進

↓現代舞：打虎記

表演者：武松

↓少數民族獨舞：孔雀開屏

表演者：顧大嫂

↓迪斯可表演：霹靂舞

表演者：霹靂火秦明

↓二胡獨奏：二泉映月

表演者：鐵笛仙馬麟

↓群口相聲：我是怎麼變成一頭豬的

表演者：李逵、魯智深、宣贊、索超、關勝、童威、童猛

↓魔術：大變活人

表演者：孿生兄弟解珍、解寶

↓音樂劇：月黑風高殺人夜

表演者：林沖

一一〇二年正月初一　春節　難得好天氣

↓小品：賣拐

表演者：宋江、公孫勝、孫二娘

↓獨唱：莫斯科郊外的早晨

表演者：柴進

↓火爆鋼管舞：仙女下凡

表演者：阮小二、阮小五、阮小七

↓雜技：耍猴表演

表演者：時遷、王英

↓山東快板兒：斬鴨殺雞

表演者：宋江

↓合唱：《同一首歌》

表演者：梁山全體副科級以上幹部，其餘人等，統統在台下鼓掌。

# 道不完的梁山好漢

過年就是好啊，有鞭炮放，還有糖果吃，哦！耶！

嗨，我怎麼現在還像個小孩子呀？真是幼稚。

一大早我們就去給宋江拜年，張青提了三袋水果和一小瓶兒印度神油，一進院子就看見宋江門上貼著一副對聯：上聯是：「說你行，你就行，不行也行，」下聯是：「說不行，就不行，行也不行，」橫批：「不服不行」乖乖，還真威風。

在宋黑臉兒家才剛剛坐了不到半個時辰，就看見梁山眾人一撥接著一撥，都拿著各種各樣的禮物和神祕紅包去給宋江拜年，拿的禮物也是千奇百怪，比如吳用是抱著一個歐洲進口的馬桶，林沖則是帶著一箱子香煙，阮小二阮小五和阮小七兄弟三個則是拿著一大麻袋酸棗兒和春藥，時遷帶了雙皮鞋，宋萬送了一身西服，童威和童猛倆人則是給宋江請了一個俄羅斯的小姐，柴進更絕，拿著一大套的年終合訂本兒的《花花公子》，魯智深那賊和尚是送了一小瓶「我愛一條柴」，顯然是拿柴進開涮，王英夫婦是送了一個可以偷窺和照相的新款式手機，還有的甚至還拿著「會忍腎寶」，除了夠新鮮，也真是五花八門的啥都有，都快能開雜貨鋪子了。

宋江臉上樂開了花兒，不一會兒大手一揮，鄭重宣佈：「傳令下去，就說我宋三爺

# 孫二娘日記

說了，今年的春節，延長一天！」話一出口，眾人全部摔倒，口吐白沫，不省人事。都說這當官兒的腐敗，看來是真的哦！

## 正月初五　小小雪，如羽毛，天上星，亮晶晶

今天本來是不打算寫字兒的，因爲此時此刻此地讓我很難挖掘出過年的感覺，在這個異域荒山「冷清」這兩個字似乎更適合它。相比在十字坡的生活，或許我只是生活在另一個故鄉的邊緣，還沒有資格評論它的氣質與品格。

爹昨天來信說，今天母親回姥姥家了，他自己一個人包餃子吃。心裡突然有種說不出的酸澀，一個大大的房子，一個男人，一個正沸騰著開水的鍋，這個本該團圓的日子，這個男人會快樂嗎？

爹說他喜歡安靜，帶著母親來梁山和我一起過年也不是不可以，可是他還得剪徑，來回只有三天的時間，太緊張了，還是留在十字坡一個人過。他的工作是他生活的主旋律，而他的底牌是家，是十字坡，這個我懂。如果我在家，我相信，哪怕只有一天的時

間他也會不辭辛苦地跑回去。

親愛的媽媽終於學會了用毛筆寫信給我，我知道這是她多麼不願意做的功課，她的特長是讓廚房瀰漫菜香，讓麻將桌上的銀子愈來愈多，讓我們的生活簡單明瞭。她說她已經提前去了姥姥家，三十兒晚上就不去了。爹和我不在身旁，她依然能像從前一樣傳達整個家的心意。她說沒有想我，沒有牽掛我，卻催著要我寫一封信，叫戴宗飛奔給她……

我爲這一切感動，因爲，我是他們唯一的女兒。

# 大宋朝的美女作家

「憂鬱的花朵」——這是武松今天為我起的一個筆名。

這個名字是隨著我在《梁山早報》中的第一篇文章的誕生而誕生的，從字型和字意來看，都還夠溫馨和悠揚。現在的我正是豆蔻年華，想來該是女孩子情感最複雜的一個年齡。

中午拿到報紙後，看見上面有很多頭領說我的這個筆名看起來有些憂傷，卻也透著明媚。我感動於這種說法，就像生活，是那種比較真實的生活。正因為有了生命中交替出現的悲喜，才有了那些說不好是精彩還是落寞的美麗……

### 水滸傳原文賞析

李逵來到樹林邊廂，只見轉過一條大漢，喝道：「是會的留下買路錢，免得奪了包裹！」李逵看那人時，戴一頂紅絹抓髯角頭巾，穿一領麤布衲襖，手裡拿著兩把板斧，把黑墨搽在臉上。李逵見了，大喝一聲：「你這廝是甚麼鳥人，敢在這裡剪徑！」那漢道：「若問我名字，嚇碎你的心膽！老爺叫做黑旋風！你留下買路錢並包裹，便饒了你性命，容你過去！」李逵大笑道：「沒你娘鳥興！你這廝是甚麼人，那裡來的，也學老爺名目，在這裡胡行！」

李逵挺起手中朴刀來奔那漢。那漢那裡抵擋得住。卻待要走，早被李逵腿股上一朴刀，搠翻在地，一腳踏住胸脯，喝道：「認得老爺麼？」那漢在地下叫道：「爺爺！饒你孩兒性命！」李逵道：「我正是江湖上的好漢黑旋風李逵便是。你這廝辱沒老爺名字！」

## 正月初七　晴見多雲

「憂鬱的花朵」——這是武松今天爲我起的一個筆名。

這個名字是隨著我在《梁山早報》中的第一篇文章的誕生而誕生的，從字型和字意來看，都還夠溫馨和悠揚。現在的我正是豆蔻年華，想來該是女孩子情感最複雜的一個年齡。

中午拿到報紙後，看見上面有很多頭領說我的這個筆名看起來有些憂傷，卻也透著明媚。我感動於這種說法，就像生活，是那種比較真實的生活。正因爲有了生命中交替出現的悲喜，才有了那些說不好是精彩還是落寞的美麗。

我喜歡憂鬱的花朵，它那種半透明的淡色惹人憐愛卻不張揚，它如季節般輕巧的外表像一首詩，若是有雨它便會獨自輕吟，它靠風歌唱，而我只能靠雨頌詩。如此，我似乎古典得彷彿要走進唐詩宋詞裡。這樣的時候我只能靜賞，融入是早晚的事情……

忽然又想起，若干年前的那個男孩，有著帥帥的面孔和挺拔的身材，他，就在初夏的傍晚，在紫藤花開的時候走入我的生命。從此彩色的憂鬱帶了些活潑，雨中的靜寂滲出一些喧鬧。不懂得爲何飛揚的花朵竟然也跟著季節凌亂的舞著。那是少女般初戀的心情，我只知道該如何珍藏，卻再也無法回到過去……

我愛你，道明寺……

## 正月初十　晴

今天下午午睡之後，才剛剛十九點就起了床，便聽見院子裡大呼小叫的，趕緊和張青跑出去一看，原來是抓住了一個小蟊賊。一問，才知道是劉唐抓回來的。

事情的經過是這樣的，劉唐一早就下山值班，準備截個把小商小販，學生白領，或者再不濟的農民兄弟，也能湊乎搶幾個小錢，不料過來一個小子向劉唐兜售唐裝，還說這是他們所供職的服裝廠裡生產的，因爲最近亞洲的金融危機，這些本來要出口到非洲諸多貧困國家的衣服也都被ＷＴＯ退了貨，不但產品積壓，而且就連周轉資金都沒法兒流通了，只好拿衣服頂工人們的工資，要不就得真的吃西北風了，可這幾天的天氣日

日放晴，據那個小蟊賊說，「大哥，我們已經三天都沒喝著西北風了」，可見現在這年頭，兵荒馬亂的，連口西北風都不好喝，也難怪他動了騙人的念頭。

結果是，本來是的確好的料子，也怪劉唐是超級近視眼，爲了扮酷，今天還特意戴了一副墨鏡，結果更加看不清楚了，最後誤認爲是毛料子，結果花了三兩銀子買了一身，穿上之後沒想到還不到三個時辰就起球開線了。

一怒之下，劉唐趕緊打電話把神行太保戴宗給叫過來，說明情況，戴宗這個哥兒們也別說，還真夠意思，這個梁山土匪路霸沒文化，但卻是江湖極了的老流氓出身，二話沒說就答應了劉唐的請求。

接下來，劉唐騎著戴宗就開始使勁兒追，也不知道那戴宗的兩條毛腿是不是彈簧做的，還真能跑，只用了十個時辰的時間就追上遠在三千米之外的小蟊賊，最後，終於抓回來了。

宋江眼見此事有關梁山「打雁卻被雁啄了眼」的不良聲譽，趕緊連夜召開緊急會議，經過一撥人長達一個半時辰的商議，決定審訊小蟊賊，以下是審訊實錄（筆錄：朱武）：

宋江：「先生貴姓啊？」

小蟊賊：「嗯？你說啥？」

宋江大怒：「老子問你叫什麼破名兒？」

小蟊賊恍然大悟地：「哦，你問我名字啊，我叫李鬼。」

宋江：「網名？」

小蟊賊：「逍遙鳥。」

宋江：「筆名、假名、曾用名？」

小蟊賊不耐煩地：「拜託，你能不能問幾個有意義的問題？哪怕沒意義，好玩兒的也行啊，你不嫌煩讀者都嫌煩了……」

宋江臉紅地說：「I am sorry，不好意思，（馬上變為嚴肅狀）性別？」

小蟊賊瞪大雙眼：「乖乖，這您難道還看不出來嗎？」

宋江大怒：「嚴肅點兒！問你啥你說啥！」

小蟊賊：「男。」

宋江：「什麼職業？」

小蟊賊：「打家劫舍。」

宋江：「這挺不錯的啊，也算個同行，不過怎麼又會想到去騙人呢？」

小蟊賊迷茫地：「這，難道有什麼區別嗎？」

宋江：「廢話！區別大了！搶劫是正大光明的事情，只有那些下三濫才幹騙人的勾當！打劫和騙人是兩碼事，你到底懂不懂?!」

小蟊賊：「……」

宋江：「幾句話就叫你無地自容沒話可說了。」

小蟊賊：「……」

宋江：「知道你騙了誰的東西嗎？」

小蟊賊左右張望一下，顫抖著聲音說道：「誰呀？莫非是梁山好漢的？」

宋江得意地：「正是！」

小蟊賊頓時雙手掩目，失聲痛哭起來：「小人真是有眼不識泰山華山武當山啊，這真是大水沖了龍王廟，兩眼一黑全蒙啦，我怎麼敢騙梁山的好漢呢？早就聽說梁山的英雄智商均是高達七十個單位，我哪兒能想到那麼好騙的垃圾也是梁山的好漢呢？照這樣看，梁山豈不是成了廢品收購站了嗎……？」

一邊的劉唐一張豬臉臊得通紅，兩隻手互相緊張地搓來搓去，沒一會兒工夫就搓了半公斤黑泥。

宋江臉紅地說道：「行了，知道錯了吧。梁山向來對這種膽敢歧視梁山英雄智商的人管殺不管埋，今天爺爺打麻將贏了個一吃三，所以心情高興，這樣吧，我給你一次機會，你要能說出你騙人的理由來並且能感動我，哥兒們就放你下山，計時三十秒，開始！」

一聽有這等好事，吳用馬上掐起錶，一旁的李逵也是手持兩柄板斧，就等著過癮了。

小蟊賊雙手擦淚，略一思索，便說道：「小人本住在梁山的旁邊，家中有屋又有田，生活樂無邊，人生多無常，俺他媽也一樣，不知怎回事，就惹了官司，誰知那知府，他蠻橫不留情，搶我房屋奪我田，還把我捉進了家中，雞姦了一百遍、一百遍！」眾人都隨著他的語調打起板兒來：「虧得咱不簡單，從牆跳出把家還，誰知那知府更留戀，派人捉我在門前，我爺爺跟他來分辨，被他一棍來打扁，我奶奶跟他來翻臉，被他又一棍來打扁，我爸爸跟他來分辨，被他又一棍來打扁，我媽媽跟他來翻臉……最後打到三十棍，實在沒人供他扁，無奈我又被捉了去，又被雞姦一百遍、一百遍！」

這時已有大部分的人被這種悲慘遭遇所感動不忍，留下了激動而渾濁的老淚。

宋江哽咽地說道：「那你家裡的經濟狀況現在怎麼樣啊，可憐的Baby?」

小蝨賊：「頭兩年，俺家裡窮，穿衣基本靠紡，吃飯基本靠黨，致富基本靠搶，結婚基本靠想；這兩年，俺家裡更窮了，通信基本靠吼，交通基本靠走，治安基本靠狗，取暖基本靠抖……」

宋江一邊用手擦淚，一邊嚎啕大哭地喊道：「吳用弟弟，你過來審吧，我實在是不行了，二娘，有衛生棉嗎?趕緊的給我擦擦眼淚……」旁邊的林沖小聲道：「頭兒，應該是衛生紙……」沒說完就被宋江一個耳光抽去：「我最討厭別人挑我的錯別字了！」

哇哇……哇哇……哇哇哇……

天呀，這世界上怎麼會有如此感人的話語啊?!不是我在這裡對大家當時的情況做了藝術性的誇張，也不是吹牛，當時在場的人都哭了，括弧，包括我在內。簡直就是《媽媽，再愛我一次》和《世上只有媽媽好，沒媽孩子像根草》的翻版啊，實在是太感人了。

最後，經過大家舉手投票表決，一致認爲小蝨賊不是長期做亂，而是實在是家中情況特殊，經過梁山紀律委員會的商量商量再商量，研究研究再研究，討論討論再討論，

最後終於做出決定：

一，因辯護律師（也就是李鬼自己）的精彩講演，加上證據不足，所以決定將李鬼當庭無罪釋放。

二，補貼李鬼白銀三十兩，馬鈴薯兩百斤。

三，責打劉唐、戴宗各三十軍棍，罰款五兩。

四，爲了解決交通問題，讓李鬼騎戴宗回家。

五，爲李鬼發「大宋第一孝」之牌匾一塊，並獎勵這個孝順兒子錦旗一面，上面不但有梁山一百零八將的親筆簽名，而且是由號稱「東方不敗」的公孫勝先生親手繡製而成，極具收藏價值。

此決定一出，六月飄雪，梁山灑淚，連過往的神佛都被這種天地間最純粹的一幕感動了。

張青，別拉我，叫我再哭一會兒吧，往事如雲煙，歷歷在俺目啊，想起俺媽來了，嗚嗚嗚……

## 正月十四　陰

今天上午還沒開早會呢，就看見宋江黑著臉從他的大辦公室裡出來，也不知道怎麼了，不過隨即就聽到屋子裡有一個小孩子在大哭，好像還在哭著喊著「我要媽媽」，進去的武松和石秀怎麼哄都無濟於事，小孩子的嗓門愈來愈高，大有把梁山的屋子都震倒之勢，無奈，他們只好派我進去給小孩子朗誦，可是朗誦啥題目不好，偏偏要我聲情並茂地朗誦《世上只有媽媽好》，這不是強力催淚彈嗎？有往這個時候用的嗎？以爲我不知道這個小孩子是昨天晚上時遷偷回來當綁架人質的嗎？唉，這幫豬腦子。

不過奇跡還是有的，那個小孩子聽我兩眼含淚地朗誦了半天，那幾句「媽媽，媽媽」的叫聲連我自己都感動了，他居然不哭反笑，搞得我也很沒有面子。武松過來安慰我說，這只能證明一點：那小孩子是個小傻蛋。

傻蛋？當我是傻蛋吧？這麼幼稚的邏輯也希望叫我相信？傻蛋還懂得吐宋江一臉口水？說出來，誰信哪……

不過好花不常開，好景不常在，不到一個時辰，那小破孩兒就又哭鬧起來，還差點把我新買的裙子撕破，這個小流氓……

下午，梁山但凡讀過書的人都輪番上陣，還是無可奈何，只好牽來戴宗，準備叫他老人家辛苦一趟，把這小破孩子再送回去，時遷兄弟也臉紅脖子粗地逢人就道歉：「本來想給梁山帶點財富，沒想到，帶回來個小祖宗。」

沒轍，只好叫戴小宗送這個小祖宗回家了。不料私塾都沒畢業的戴宗卻出人意料地大筆一揮，刷刷刷寫就一封勒索信，文字優美，筆法流暢，簡直叫人歎爲觀止——

**勒索恐嚇信**

**梁山第〇一一五號文件**

親愛的呆一傻先生：

展信佳。

在這個舉國歡慶美好春節的大好時刻，冒昧地打擾你令我們很不安，也很慚愧，但畢竟這是關於你兒子的大事，希望你能夠見諒。也許早上一醒來的時候，如果你還記得你有一個兒子的話……也許你會感到奇怪，你的兒子怎麼混成這個樣子，三天都沒回家了，簡直就是古惑仔的前途啊，跟你說噢，你的兒子在我們的手上（奸笑三聲，嘻

嘻嘻，嘿嘿嘿，忽忽忽），請閣下儘快的準備三百兩黃金（堅決拒收假幣）快遞發給我們，時間愈快愈好，請千萬別浪費我們的時間，也別耍一些小滑頭，OK?要知道，我們的時間很寶貴噢，或者，如果你還有的話，要是還能再多給一點，我也會很高興。

至於你的兒子，我們也都沒有難為他，畢竟孩子是未來的花朵嘛，拈花惹草一貫，哦，抱歉，應該是憐花惜草一貫是梁山的傳統美好風格，我們還為他訂做了一身梁山兒童裝呢，另外，他還叫我在信上再寫上他其實比較喜歡我們這幫大哥哥和大姐姐，他說你禿頭又很摳門兒，玩具都不買給他。我們不但幫你兒子買了幾個變形金剛，還另外送了他一部兒童滑輪車，這些東西都很貴，除了原來的贖金之外，我希望你再多付買這些東西的三千零三十二塊給我。

可是我想雖然你兒子不喜歡你，做為一個親生的父親，你還是應該要愛護你的兒子，這才是做人做事的道理，所以你還是應該要把小孩贖回去。如果你給了我錢，我就會放了你兒子，可是如果你不給，那我也不知道要怎麼辦，所以拜託你一定要把錢給我，否則就會叫我們很為難噢。

寫到這裡，你的兒子還叫我一定要分段，我教育程度不高，私塾也沒畢業老師就生病請假了，所以我也不太懂，你兒子還罵我是白癡，我很生氣，想打他，可是又打不過

被你餵得像豬一樣的他。你放心，我是一個溫文爾雅的知識份子，不會輕易像李逵那種粗人那樣動手的，這點請你大可放心。

呆先生，如果那筆贖款你準備好的話，就請用OICQ來聯絡我，我每天晚上都會在網上聊天的，如果我不在，就請到《傳奇》裡的六區找我，那個拿柴橛、呆頭盔，穿得很風騷的四十五級的道士就是我們梁山眾人共同升級的號兒，要是還找不到，你還可以打我手機，我手機號碼是一三一一一二〇〇八九五，或是直接到梁山的山下朱貴開的酒店裡通報一聲，我們就會接你上山。

另外請切記：我們梁山的酒店裡多有蒙汗藥，你一定要當心，你上山之後，就可以找到宋江的「董事長辦公室」，你只要按一下門鈴，我們就會親自下來拿錢，然後把小孩兒還給你。

好了，我也不知道要寫些什麼了，因為我跟你又不熟，沒有很多話好聊，那麼，在此祝你好好學習，天天向上吧！就這樣，拜拜！

ps：對了，你的兒子是豬頭，他說他根本記不清楚你們家確實的地址，我怕會寄錯，如果正在看信的這位人士不是呆一傻先生的話，請幫我轉交一下吧！感激不盡！

綁匪：梁山英雄　上

執筆：神行太保　戴宗

時間：一一〇二年　春節

戴宗一口氣流暢寫就，順手在自己身邊的時遷臉上把巴掌上的墨汁擦掉，得意洋洋地對大家說：「怎麼樣？」

宋江看他一眼：「啥意思？」

戴宗聽了頓時摔倒，趕緊又爬起來解釋道：「頭兒，只要不是豬腦子的，都知道我這樣搞的後果，是家長乖乖地送錢來！」

宋江咳嗽了一聲，吩咐阮小五和阮小七：「把戴宗拉到廁所裡，餵他吃屎，一直吃到他明白，再也不能侮辱梁山高級領導的智商爲止！」

## 正月十五　晴，有小風兒

# 大宋朝的美女作家

今天是元宵節，一個吃湯圓兒的日子。

宋黑臉兒可能是昨天晚上打麻將贏了，所以今天心情非常愉快，特此決定從財政專款裡撥出三兩銀子，請大伙吃紅燒肉。

這種肥差當然又得靠抽籤決定，哇哇，我手氣難得這麼好哇！居然被我抽到了！當掌管財政的柴進把那白花花的銀子伴隨著他哀怨的眼神遞給我時，我簡直就要激動地暈倒了！

要知道，來梁山整整一年多了，我頭一次當採購啊……

下午剛吃完飯，我就化裝成張曼玉的樣子，穿著旗袍下了山，武松的哥哥武大郎跟我說，女士買東西，穿得愈動人價格就有可能愈低，這個道理我還是懂的，所以，在旗袍裡再襯一件迷你裙也是必不可少的……

可是，當賣肉的老闆見到我時，根本眼睛也沒眨巴一下，真是打擊人，我把裙子向上撩了半天他居然還不動神色，這人是不是有病啊……天啊，他是個瞎子！

買肉的心情也沒了，只好悻悻回山，在山下的水果店裡打劫了一籃子美國進口紅富士蘋果回去勉強交差，晚飯也沒心情吃，只吃了三公斤牛肉，四個蘋果，一瓶葡萄酒和三十條黃瓜，外加一大碗山西刀削麵，唉！

晚上睡到床上心裡還在難受，我這麼風華絕代、美麗動人的女孩子，怎麼就能倒楣地遇到一個瞎子?!天啊……

### 二月初三　多雲

凌晨三點半的時候，風忽然變得溫暖，悲傷在暗夜裡擴散……

不明白自己爲什麼會有這樣的一種感受和心情。就像經過梁山後山的小樹林時一樣。總是會莫名其妙的傷感。

剛來梁山後沒多久時，就聽李逵說過一個故事，說是以前有兩個女人爭奪一個孩子，都拉扯著孩子的胳膊，誰都不願放手，就這樣僵持和堅持著。後來宋江說要把孩子分成兩半，後來還是有一個女人不忍先放了手，後來才知道那人是孩子的生母。只有最愛的才會珍惜，哪怕放棄也是一種完美。

心中一直崇拜這個故事，驚歎於這寥寥數字便可闡釋感情的偉大。所以一有機會就不厭其煩的轉述給別人，但我知道那更大程度上是安慰自己。

梁山的一個角落裡有一株情人樹，但更多的人把它錯認成香椿，我多想告訴他們那些鮮明的紅色和綠色是一種叫做情人樹的植物，多想告訴在我的心中它們是世間最美麗的植物。

而那個故事發生的地點，就是在梁山後山的小樹林裡。

每次路過那裡，心裡總想著李逵講的那個故事，而想到自己經歷過的歲月，也才發現自己原來也可以讓一個人按自己的方式擁有幸福，而即便付出的是如那生母一樣的放棄也心甘情願。

對於自己那些如風消逝的愛情往事，我矜持著態度拒絕一切關於它的臆斷，因爲對那段平凡的感情我不知道是應該爲我懺悔還是爲愛情悲哀。

# 曾頭市的打情罵俏

若干年後，梁山的每個豬頭都會記得這樣一個時刻：在攻打曾頭市的關鍵時刻，一個姓孫，名悦，號二娘的女子，急中生智，一不做二不休，靈機一動地抽出了藏在她褲子裡的飛刀，利用平時拿鞋墊兒扔張青的大量而豐富的臨床經驗，在零點零零一秒的時間內，以時速八千公里的速度，用不差毫髮的準星，準確地將飛刀在一剎那間扎到了史文恭的額頭上，梁山泊也自此大獲全勝。令遠近聞名的梁山泊在宋朝的黑社會歷史上寫下了嶄新而具有創新意義的偉大一頁！

至此，她的一個嶄新無比的外號不脛而走，這個令無數武林人士聞風喪膽的外號就是：小李他媽的飛刀──「小孫飛刀」！

## 水滸傳原文賞析

宋江看罷來書，目顧吳用，滿面大怒，扯書罵道：「殺吾兄長，焉肯干休！只待洗蕩村坊是吾本願！」下書人俯伏在地，凜顫不已。吳用慌忙勸道：「兄長差矣！我等相爭，皆為氣耳；既是曾家差人下書講和，豈為一時之忿，以失大義？」隨即便寫回書，取銀十兩賞了來使。回還本寨，將書呈上。曾長官與史文恭拆開看時，上面寫道：

梁山泊主將宋江手書回示曾頭市主曾弄：自古無信之國終必亡，無禮之人終必死，無義之財終必奪，無勇之將終必敗。理之自然，無足奇者。梁山泊與曾頭市，自來無讎，各守邊界。總緣爾行一時之惡，遂惹今日之冤。

# 孫二娘日記

## 二月十五　小雨點

施耐庵不是說「今日無戰事」麼，怎麼一大早忠義堂前的大鐘就被李逵敲得隆隆作響，唉，難道是那廝在發春？等我們臉沒洗牙沒刷地趕著去了以後才發現是施耐庵歲數太大，昨天忘了我們最近要攻打曾頭市，才告訴我平安無事的，唉，這人老了就是不行了，今天聽宋江在會上說施耐庵昨天晚上又把剛買的電鍋凍到了冰箱裡，顯然是有老年癡呆症的前兆。聽說做一個頭顱ＣＴ檢查就能查得出來，不知道是不是真的。

在會上，宋江接著說：「兄弟們！你們知道咱們爲啥今天要緊急集合嗎？」

大家齊道：「不——知——道！」

宋江滿意地說道：「不知道就對了，讓哥哥來告訴你們吧，我們今天要去攻打曾頭市！大家知道咱們爲啥要攻打曾頭市嗎？」

大家又齊道：「不——知——道！」

宋江繼續滿意地說道：「不知道就對了，讓哥哥來告訴你們吧，我們攻打曾頭市，非但只是因爲他們曾經把咱們的晁蓋哥哥一箭射到西天陪唐三藏去，更是因爲他們曾經趁晁蓋那傢伙不在，我還沒來的時候趁機搶了咱們的女人，分了咱們的金銀，吃了咱們的豬肉，喝了咱們的美酒！在他們眼裡，難道咱們梁山就是任人宰割的羔羊，就是隨人蹂躪的豬狗?!」宋江愈說愈興奮，揮舞著手臂豪氣干雲、氣貫長虹地喊道：「大家一起告訴我，這樣的惡霸地方該不該攻打?!」

大家又齊道：「不——知——道！」

宋江白眼一翻，向後就栽了過去，被眾人救醒之後大放悲聲，連連說道：「梁山賊寇，一幫傻豬啊……」

最後，因爲宋江太過於悲傷，連話都不能好好說了，所以由宋江的第一走狗吳用先生給大家宣讀了《戰前動員書》，最後安排了具體攻打曾頭市的人馬和步驟，具體方案由柴進和公孫勝加急付印一百零八份，發到每人手裡一張，下午準備，晚上就連夜出發。

昨天剛和武松哥哥約好明天要去看《鐵達尼號》，我連票都買好了，這下可好，又泡湯了……

# 孫二娘日記

## 二月十九　多雲

經過四天的長途跋涉，我們於今天早上乘坐宋朝航空公司的飛機終於來到了富饒美麗的魚米之鄉——曾頭市。據打探的嘍囉報告，曾頭市里最厲害的一個人物叫做史文恭，據說不但CS在網上橫掃中國南北，而且星際爭霸打的也是一絕，看來確實不可小瞧。

爲了避免舟車勞頓帶給全軍的不良反應，宋江特地下令，放假一下午，大家可以根據自己的疲勞程度給自己找娛樂方式，內容從打麻將到挖野菜，種種皆是不一而同，隨便大家玩樂。

傍晚，宋江帶著吳用回到了梁山，倆人都顯得異常疲憊，大家問他倆：「兩位哥哥去哪兒消遣了？」

宋江還沒回答，吳用就搶著說：「我大學的一個同學現在在曾頭市當市長，非得拉我們去喝酒，這不，我們一共喝了十六箱啤酒，還吃了五隻烤鴨，累壞了！」宋江也笑著承認，連連說年齡不饒人，以前哥哥我可是一口氣能喝啤酒十六箱零一瓶呢。

# 曾頭士的打情罵俏

接著，魯智深和雷橫、李袞也憔悴不已地回到了我們所住的賓館，大家問到去處，三個人都異口同聲地回答道：「去參加了一個英語學習速成班，筆記記得手發軟，臂發酸，累壞了！」

後來是時遷和王英、李逵，他們的回答是去參加了一個希望小學的奠基儀式，三個人和當地的小學生一起植樹，也給累壞了。接著回來的童威、童猛、阮家三兄弟以及鄒潤、鄒淵和杜遷等頭領也都說是參加了各種慈善活動，說得最叫人感動的是，他們爲了捐款給慈善機構，還不惜各賣了一管子血，說得差點讓我掉下眼淚，唉，還能說什麼呢？一幫好人啊……

不料晚上當我和武松哥哥偷偷溜著進城裡蹦迪斯可，路過當地的紅燈區時，看見其中最大規模的一家「美女三陪」娛樂城的上面用一條巨大的標語寫著：「熱烈歡迎梁山眾位英雄好漢下榻本店，對鄙店的俄羅斯美女進行親自光臨坐鎮指導，實戰教導，蓬壁生輝，可喜可賀！」

切，一幫虛僞卑賤的傢伙。

# 孫二娘日記

## 二月二十　晴

今天早上，宋江帶領十五個步兵頭領、十五個馬兵頭領、十五個海戰頭領和數千個嘍囉於清早八點準時來到曾頭市的城門之前，進行叫陣，李逵第一個就威風凜凜地站了出去，不過可能是昨天晚上沒有好好背稿子，站出去半個時辰連一句話也憋不出來，真給梁山丟人。

第二個出去的是孫新，他的背誦倒是挺順利，語速也快，就是農村口音太重，把「梁山」能念成「狼山」，也不行。第三個終於可以勉強了，我仔細一看，原來是「操刀鬼」曹正，不過雖然他念得暢快淋漓，叫大伙大呼過癮，但堂堂梁山竟然派一個負責屠宰牛馬豬羊牲口的傢伙出去叫陣，未免會叫人看不起，唉，不是敵人太狡猾，而是我軍太無能啊……

曹正一連罵了三個鐘頭，最後連史文恭的祖宗八代也罵上了，曾頭市的城樓上才慢慢悠悠地探出一個小兵的腦袋來，打著哈欠喊道：「幹什麼的呀？」

曹正大喊道：「我們是梁山的，是來攻打你們曾頭市的！」

小兵不滿地喊道：「你不看看現在才幾點啊？這麼早就攻打啊？我們還都沒上班

呢，過三個鐘頭再來吧！」

曹正跑到城牆底下，向上面大聲叫道：「能不能通融一下啊？我們的時間很急啊！這幾千號人在這裡吃住都不是小數兒，難道你管飯呀?!」

可能是城牆太高，聲音太小，小兵使勁兒喊道：「你說啥，我聽不清楚！」

曹正使出吃奶的勁兒喊道：「我說——能不能通融一下啊，叫我們早點兒攻打吧——你聽見了嗎?!」

小兵喊道：「有什麼好處嗎？」

曹正不敢做主，跑回來問宋江，宋江想了半天，果斷地吩咐曹正：「告訴他，打下曾頭市來我封他做一個芝麻小官兒，專門看廁所的那種！」旁邊的花榮說道：「頭兒，這個官職沒人願意要吧？」公孫勝立刻說道：「你知道個屁！現在看廁所的多賺錢啊，我還輪不上呢！」眾人都恍然大悟，連連點頭。

不過等曹正又跑過去的時候，那小兵早就等得不耐煩，跑回家去了。曹正沒辦法，又跑了回來，一干人也沒轍，只好在烈日和寒風的雙重夾擊下等待了將近三個時辰。

等上班時間一到，宋江馬上吩咐曹正繼續叫陣，沒想到曹正因爲用嗓過度，聲音嘶啞，被抬下去治療去了，宋江左右一看，沒人願意再去「獻聲」，只好自己打馬出去，在城牆下面喊道：「史文恭——我靠你大爺！」

聲音傳播出去之後，不到三分鐘，只見城門大開，史文恭從裡面騎著一輛摩托車，帶著一隊士兵跑了出來。宋江一看，大罵道：「娘的，刷個牙也得半天，讓老子等了這麼久！」

史文恭嘻嘻一笑，說道：「宋哥哥，還是騎著馬呀，我早改摩托車了，你們梁山啊，可真落後！」

宋江大怒，立刻吩咐：「不給他點兒顏色看，不知道我宋黑臉兒有幾隻眼！來人，速速取我的電話來，二十四小時輪流給我打他的傳呼，呼爆他的BB機！」

史文恭又是一樂，說道：「BB機？我早改商務通了……」

宋江頓時一頭栽到馬下，口吐早飯，抽搐不已。

後人有詩爲證：

**梁山泊三打曾頭市，**

**史文恭三氣宋公明！**

## 二月二十一　陰，有小風

昨天的第一戰就這麼稀裡糊塗地輸掉了，今天上午，兩軍又來到城門前對壘，宋江首先說道：「史文恭你個鳥人！昨天我日經不調，今天要你好看！」

史文恭說道：「隨時奉陪！」

宋江說道：「客隨主便，你說，咱們今天怎麼個比法兒？」

史文恭和左右的嘍囉軍師商量了半天，喊道：「咱們今天是文鬥，敢嗎，你？」

宋江一愣，問道：「啥是文鬥？」

大家合計了半天，最後由「神醫」安道全猜道：「可能是比寫毛筆字，這個……恐怕我軍有把握，『神機軍師』朱武不是寫得一手好毛筆字嗎？好像他練得還是米芾體呢。」

宋江大樂，說道：「ＯＫ！」

史文恭說道：「好，爽快！不愧是個粗人！咱們今天比試對歌兒，看誰能把誰對下去，方式採取歌詞接龍的方法，可以音同字不同，但必須在五秒內接住，否則算輸！每家出五個人，五分鐘後開始，是你們先來還是我們先來？」

宋江聽後還算果斷，一邊吩咐把安道全拉下去一頓暴打，一邊馬上安排對歌的能手，最後抽調出來的五個人分別是：林沖、楊志、樂和、燕青和花榮。對方是史文恭和另外四個嘍囉。

經過抽籤，史文恭先唱道《縴夫的愛》：

哥哥你坐船頭，
妹妹我在岸上走，
拉著哥哥你的手，
就像牽著一條狗，
我們相戀在金秋，
恩恩愛愛不分手！

對方的隊伍裡一起喊道：「接歌兒——『手』！」

宋江咳嗽一聲，林沖便馬上沖了出去，接著唱道《牽手》：

我們牽了手的手，

前生今世一起走……

還沒唱完大家就叫道「錯啦，錯啦！」林沖趕緊改唱道《鐵窗淚》：

手裡呀捧著窩窩頭，
淚水止不住地往下流，
自從和你分別後，
我就走進監獄樓！

對方的嘍囉甲接著唱道《樓蘭姑娘》：

樓蘭姑娘她在何方，
樓蘭姑娘她在何方，
她在你我的心坎上，
她是香格里拉的最嚮往！

楊志接著繼續唱道《情網》：

# 孫二娘日記

網路是一張無邊無際的網，
我被你困在網中央，
我愈陷深愈迷惘，
路愈走愈遠愈漫長，
這終究是好夢一場！

對方的嘍囉乙唱道《笑臉》：

常常地想，
現在的你，
已在我身邊露出笑臉，
可是可是我，
卻看不清，
一往情深的雙眼！

樂和迅速唱道《眼兒媚》：

眼兒媚，
眼兒媚，
坐到窗前思念誰，
眼兒媚，
走到月下思念誰！

對方的嘍囉丙隨口接著唱道《同桌的你》：

誰看了我給你寫的信，
誰把它丟在風裡，
誰把你的長髮盤起，
誰給你做的嫁衣！

燕青繼續唱道《一二三四》：

一二三四，

# 孫二娘日記

一二三四，
像首歌，
這邊唱來那邊和，
歌唱祖國和大地，
歌唱美好的我和你！

對方的最後一個嘍囉唱道《你看，你看，月亮的臉》：

你看，
你看，
月亮的臉偷偷地在改變，
你看，
你看，月亮的心兒在呼喚！

我方最後一個出去的花榮顯然是有點不在狀態內，這個平時裡最喜歡在半夜坐在忠義堂前鬼哭狼嚎唱情歌的瀟灑公子，今天卻像是被我的隔夜襪子堵住了嘴巴，先是咳嗽了半天，後又吭哧了半天，才勉強唱道：

換誰都拜拜，
此山是我開，
此樹是我栽，
要想從此過，
留下買路財，
別拉扯關係，
換誰都拜拜，
都拜拜！

不料他還沒有唱完，對方就噓聲一片，紛紛諷刺大罵，史文恭叫道：「宋黑臉兒，這他媽是什麼歌兒！」宋江狠狠地白了花榮一眼，抵賴道：「這是我們梁山的山歌兒！怎麼樣?!」

史文恭哈哈大笑道：「乖乖，當我是傻子啊！這次比賽你們又輸了！」說完也不等宋江辯解，騎著電摩托車就一溜煙回去了。

# 孫二娘日記

宋江黑著臉帶著我們回到賓館，吩咐魯智深和劉唐：「把花榮拉下去，叫他一晚上不准睡覺，直到背會《唐詩三百首》和《一一〇二年流行金曲一萬首》！」

## 二月二十二　晴天

昨天又丟了面子，今天宋江爲了萬無一失，特地吩咐大家做好準備，如果他們再耍智商方面的花招，刀子斧子一起上就是了。所以大家都做好了準備，我還特地在裙子裡別了一把飛刀，以防不測。

上午十點，雙方又聚到一起，今天史文恭特地還穿了一套西服，打著領帶，看樣子像是要出國考察，相比之下，宋江那一身農民打扮更是顯得土哩吧唧，山野村夫，史文恭看來對今天的比試更充滿信心，一上來就問：「宋三哥，你說，咱們今天怎麼比吧？」

宋江心裡沒譜兒，不敢亂說話，史文恭一見如此，大笑道：「你要不敢說我就說了！也別說我欺負你，爲了叫你心服口服，咱們今天就比試比試真功夫，不過爲了遵

循國際奧委會關於武術比賽的有關規定，咱們也不能造成死傷，只亮相自己隊伍裡人的功夫，來一場表演賽，按漂亮和招式得分算成績，輸了的認栽，贏了的隨便，我要輸了，曾頭市讓給你，我也隨你處置，你要輸了，趁早給我滾蛋！怎麼樣，敢還是不敢？」

宋江臉上的肌肉一個勁兒地抽動，顫抖著聲音說：「我他媽連澳門的賭場都敢去，連潘金蓮都敢收留，連吳用這樣的垃圾都敢重用，還有什麼不敢的?!來就來！」一旁的吳用頓時大放悲聲，最後叫人們連連安慰才算平靜，幫著出主意，挑選了五個人選：魯智深、史進、時遷、武松和我。

比賽正式開始。

對方的第一個小嘍囉表演的功夫是少林七十二絕技中的「易筋經」，分別打了一套拳，拳風過處，周圍五十米的樹葉紛紛落地，成功。

我方第一個出場的是魯智深。他表演的是「倒拔垂楊柳」，開始的時候是找不著一棵柳樹，只好找到一棵楊樹湊合，不料後來可能是他拔楊樹沒有拔柳樹那樣有經驗，也可能是椎間盤突出還沒有治好，所以拔到一半的時候就尿了褲子，失敗。

對方第二個嘍囉表演的是「九陰白骨爪」，不過因爲史文恭也沒給他找來一塊真正的骨頭，而是無奈找了一塊鵝卵石，所以結果是任由他左抓右抓，石頭啥事都沒有，最後一怒之下還搬了石頭砸了自己的腳，失敗。

我方第二個出場的是史進。他表演的是太極拳，拳頭一揮雖柔但剛，雖剛但柔，大家都看得眼花繚亂也沒分清楚哪招是剛哪招是柔，一拳打到剛剛的那塊鵝卵石上，過了兩分鐘石頭才碎裂開來，成功。

對方第三個出場的小嘍囉和我方出場的時遷表演的分別是「螳螂拳」和「猴拳」，因爲有「易筋經」和「太極拳」的威力在前，所以倆人使出吃奶的勁兒都沒能博得喝彩，勉強算是打平。

第四個出場的對方嘍囉表演了一套「乾坤小挪移」，看樣子已經練到了第四層，居然在場子裡轉了無數圈也不頭暈眼花，更不噁心嘔吐，成功。

可惜的是叫我崇拜的武松哥哥卻因爲昨天晚上喝多了酒，還跟我在月亮底下散步的時候涼了肚子，所以今天耍的這套「面目全非腳」和「還我漂亮拳」都軟綿無力，看上去就跟他哥哥武大一樣，唉，失敗。

不過最後一個出場的史文恭可能也喝了糨糊，表演的竟然是一套芭蕾舞，乖乖，他還穿著緊身衣，要多噁心有多噁心！失敗！

# 曾頭士的打情罵俏

該我出場了。

我能感覺到周圍人的目光。

你們能知道那是一種什麼樣的感覺嗎？

你們能想像到那是一種什麼樣的感受嗎？

簡直就是周華健的演唱會；

簡直就是世界盃的點球戰；

簡直就是伊拉克的飛毛腿；

簡直就是……

簡直就是萬人矚目的焦點，焦點中的焦點！

我明白，只要我不失手，曾頭市就是梁山的了；

我知道，只要我不失手，史文恭就是宋江的了；

我清楚，只要我不失手，武二郎就是二娘的了；

我……

我……我……我忘了，我既不會羅漢拳，也不會無影腳，更不會化骨綿掌，什麼打狗棒，什麼千人斬，什麼屠龍刀，什麼倚天劍，什麼手榴彈，什麼衝鋒槍，我，我，我

# 孫二娘日記

什麼都不會呀！

我，我該怎麼辦呢?!

在如此緊張激烈、激動人心的時刻，在這樣一個偉大明星即將誕生之際，我，孫二娘，會怎麼樣呢？會臨陣脫逃，一蹶不振，遺臭萬年，萬劫不復呢？還是會一鼓作氣，反敗爲勝，頓出奇招，大獲全勝呢？

一切都似乎是個古龍式的謎。

這個謎，究竟怎樣解開?!

書中暗表，在若干年以後，梁山的每個豬頭都會記得這樣的一個時刻：在攻打曾頭市的關鍵時刻，一個姓孫，名悅，號二娘的女子，急中生智，一不做二不休，靈機一動地抽出了藏在她褲子裡的飛刀，利用平時拿鞋墊兒扔張青的大量而豐富的臨床經驗，在零點零零一秒的時間內，以時速八千公里的速度，用不差毫髮的準星，準確地將飛刀在一剎那間扎到了史文恭的額頭上，梁山泊也自此大獲全勝，不但報了晁蓋的一箭之仇，更成功地攻陷了曾頭市，令遠近聞名的梁山泊在宋朝的黑社會歷史上寫下了嶄新而具有創新意義的偉大一頁！

至此，除了她以前註冊擁有的「母夜叉」，又有關於她的一個嶄新無比的外號不脛而走，震響江湖，這個令無數武林人士聞風喪膽，兩股戰戰，幾欲先走的外號就是：小李他媽的飛刀——「小孫飛刀」！

# 眾武夫的智商考核

我出的題目是：「牛狗豬羊比賽賽跑……跑到終點後……牛狗豬都喘得不得了……只有羊不喘氣。」

魏定國告訴我的答案是：「亡羊補牢」。

「什麼跟什麼啊！應該是：揚眉吐氣(羊沒吐氣)！來人，把魏定國拉下去，餵他吃草，要後山新鮮的草！」

這次是輪到「錦豹子」楊林回答問題。我問的題目是：「一個離過很多次婚的女人，該怎麼稱呼她？」

楊林非常痛苦，但還是硬著頭皮告訴我：「水性楊花……是嗎？」

「楊頭領，請用你的腳趾頭記住這個正確謎底：前公（功）盡棄！來人，把楊林拉下去，拿我的洗腳水給他喝！」

## 水滸傳原文賞析

魯達問道：「你兩個是那裡人家？為甚啼哭？」

那婦人便道：「官人不知，容奴告稟：奴家是東京人氏，因同父母來這渭州投奔親眷，不想搬移南京去了。母親在客店裡染病身故，父女二人流落在此生受。此間有個財主，叫做鎮關西鄭大官人，因見奴家，便使強媒硬保，要奴作妾。誰想寫了三千貫文書，虛錢實契，要了奴家身體。未及三個月，他家大娘子好生厲害，將奴趕打出來，不容完聚，著落店主人家追要原典身錢三千貫。父親懦弱，和他爭執不得。他又有錢有勢，當初不曾得他一文，如今那討錢來還他？沒討奈何，父親自小教得奴家些小曲兒，來這裡酒樓上趕座子，每日但得些錢來，將大半還他，留些少父女們盤纏。這兩日，酒客稀少，違了他錢限，怕他來討時，受他差恥。父女們想起這苦楚來，無處告訴，因此啼哭。不想誤觸犯了官人，望乞恕罪，高抬貴手！」

## 三月初五　晴天見多雲

曾頭市的轟轟烈烈已經過去，梁山似乎也恢復了平靜，大伙兒都在按部就班地進行著自己的工作和生活，叫我感到遺憾的是，他們竟然在提了三百六十五次之後，再也沒人輕易提起我在那天的英雄氣概和偉大壯舉來了，真是叫人鬱悶非常。

不過月有陰晴圓缺，人有悲歡離合，有鬱悶就有快樂，這個世界總是在傷心與快樂之間進行的，這不，下午去食堂打飯的時候，我就遇到了代表梁山剛剛從東京開完「全國造反派ＣＥＯ交流切磋大會」會議回來，端著一大盆兒紅燒雞塊和三十個大饅頭的盧俊義，他通知了我一個好消息，我被新近出版的《黑道網路報》評選爲「一一〇二年十大新銳黑道人物」，還可以在明天就立即免費享受該報社提供的獎勵：東南亞三日遊！

啊，這天上掉餡餅的好事兒，居然也會輪到我？！

驚喜萬分哪……

## 三月初七　難得好天氣

今天是我去東南亞免費旅遊的第三天，明天就得回去了，真叫人感到留戀，這裡就是好啊，除了人長得都跟李逵一樣黑，但風景到底比梁山好得不知道高了幾十個檔次！唉，只可惜武松哥哥沒能來，我明天也得回去了。

和我一起來，並被一起評選爲「二一〇二年十大新銳黑道人物」的還有方臘，田虎，以及好幾個在《無間道》裡混的傢伙，其中有三個人都很面熟，好像長得特別像幾個人，比如那個眼睛總是閃爍的電眼小生，就很像梁朝偉嘛，那個大塊頭還號稱有大智慧的，就很像劉德華嘛，至於那個一臉肥肉，眼睛小小的，聲音沙啞的老伯伯，就很像曾志偉啊，確實像極了，聽說他們幾個在香港那邊很是火爆，誰都得給他們面子，否則就是手槍子彈的幹活，乖乖隆的冬，聽起來很叫人害怕嘛。

不過這次來我也學會了很多東西，比如充分地認識到了我們梁山和先進黑道組織的差距，人家都是鳥槍了，我們還是一幫鳥人，唉，有差距啊，看來以後梁山也得派人出來好好學習一下先進的經驗啊。

可宋黑臉兒那幫只知吃飯和拉屎的飯桶，怎能奢望他們有這樣的先進思想呢？唉，看來這振興梁山，跟隨時代的重要任務，就落在我二娘一個人的腦袋上了。

## 三月二十六　陰轉晴天，可能有小雪

說做就做，從東南亞旅遊回來之後，我馬上就智商及發展等一系列問題向宋江進行了彙報，得到了表揚和肯定，看來宋黑臉兒也覺得這種問題極具時代意義，所以便隨即召開了一次智商考察會，任命我爲總監考，即日起開始審核，爲了不損害梁山的名譽，凡是不及格的，一律不准吃飯喝酒泡美眉，必須強迫參加學習班，畢業之後才能繼續進行搶劫工作。

我出的第一個問題是：「樹上有十隻鳥，開槍打死一隻，還剩幾隻？」

第一個回答問題的是吳用，他反問道：「是無聲手槍或別的無聲的手槍，比如周星馳的那部《國產〇〇七》的電影裡使用衛生紙做消音設備的手槍嗎？」

我回答：「不是。」

他想了想，又問：「槍聲有多大？」

我約摸著回答：「八十到一百分貝。」

他又問：「那就是說會震得耳朵疼？」

我點頭：「是。」

他繼續：「在我們大宋朝裡，打鳥犯不犯法？不會像武松那樣打死老虎還被動物保護協會追查了半天吧？」

我耐心地說：「這只是比喻，你就當不犯。」

吳用追著問：「真是比喻嗎？」

我咬牙說：「是的……」

他又問：「那麼，你確定那隻鳥真的被打死啦？」

「廢話，我確定，」我已經開始不耐煩了：「拜託，你告訴我還剩幾隻就行了，ＯＫ?!」

吳用很痛快地點頭，說道：「ＯＫ，樹上的鳥裡有沒有聾子？」

我回答：「沒有。」

他又問：「有沒有關在籠子裡的？」

我回答：「沒有。」

他歪著腦袋想了想，問道：「邊上還有沒有其他樹，樹上還有沒有其他鳥？」

我緊緊地握著拳頭，儘量克制著自己的怒火，說道：「沒有。」

他繼續問：「那麼，有沒有殘疾的或者因爲饑餓而飛不動的鳥？」

我繼續回答：「沒有。」

吳用點了一支煙，冥思苦想了半天，又問：「算不算母鳥肚裡懷孕的小鳥？」

我艱難地咽了口唾沫，說道：「不算。」

他把一口煙霧吹到我臉上，還曖昧地朝我擠了擠眼睛，繼續問：「打鳥的人眼有沒有花？保證是十隻？」

「沒有花，就十隻。」我已經滿腦門子都是汗水，恨不得上去朝著吳用那張老臉狠狠地打上一拳，以發洩我的心頭之恨，但他仍然堅持不懈地繼續問道：「有沒有傻的不怕死的？」

我的天啊！我儘量克制因氣憤而顫抖的雙手，耐心地對他說道：「都怕死。」

他繼續問：「會不會一槍打死兩隻？」

我哆嗦著回答道：「不會。」

# 眾武夫的智商考核

「那麼，」他繼續問道：「所有的鳥都可以自由活動嗎？」

我的腦子一陣發黑，強自鎮定地說道：「完全可以。」

「如果您的回答沒有騙人，」吳用滿懷信心的說，「打死的鳥要是掛在樹上沒掉下來，那麼就剩一隻，如果掉下來，就一隻不剩。」

我立刻從嘴狂噴出一口鮮血，休克倒地……

當我被一群人用涼水潑醒的時候，還有一大堆頭領沒有接受考試，於是，我掙扎著起來，繼續堅持著問問題，接下來的頭領是「美髯公」朱仝，我決定問一些簡單的，便開始問關於成語的腦筋急轉彎的問題：

我問的題目是：「數字『3』在路上走呀走……翻了一個跟斗，又接著翻了一個筋斗……」

朱仝回答的謎底是：數位『3』小腦發育異常，走路不穩。

「天啊！我問的是成語，成語！！正確答案應該是：三番（翻）兩次——來人，把朱仝拉下去，吃三公斤豬食！」

接下來回答問題的是「鎮三山」黃信。

我問的題目是：「一條狗過了獨木橋之後就不叫了？」

黃信想了半天，一共抽了三支煙，繞了十二個圈，急出滿頭大汗，最後肯定地告訴我說：「我不知道。」

「拜託，請記住謎底：過目不忘（汪）——來人，把黃信拉下去，用李逵的襪子抽他的嘴，三十遍！」

接下來站到我面前的是「神火將」魏定國。

我出的題目是：「牛狗豬羊比賽賽跑……跑到終點後……牛狗豬都喘得不得了……只有羊不喘氣。」

魏定國告訴我的答案是：「亡羊補牢」。

「大爺的，什麼跟什麼啊！正確的謎底應該是：揚眉吐氣（羊沒吐氣）！——來人，把魏定國拉下去，餵他吃草，要後山新鮮的草！」

這次是輪到「錦豹子」楊林回答問題。

我問的題目是：「一個離過很多次婚的女人，該怎麼稱呼她？」

楊林非常痛苦，但還是硬著頭皮告訴我：「水性楊花……是嗎？」

「楊頭領，請用你的腳趾頭記住這個正確的謎底：前公（功）盡棄！——來人，把楊林拉下去，拿我的洗腳水給他喝！」

這次輪到的是我的初戀情人，史進。

我問：「一隻烏龜，蓋了一所房子，住了進去。打一保健品。」

史進回答道：「蓋中蓋。」

我點頭，又問：「那隻烏龜把房子拆了，又蓋了一所，又住了進去。還是打一保健品。」

史進果斷地：「新蓋中蓋。」

我滿意地點點頭：「那隻烏龜再次把房子拆了，再蓋了一所新的，再住了進去。還是打一保健品。」

史進這次卻怎麼也想不起來，最後結結巴巴地告訴我：「蓋沒完？」——我倒，這個謎語是他小時候問過我的呀，謎底應該是「巨能鈣（蓋）」啊！暈。

結果，他被拉了下去，也不知道被拉到哪兒怎樣懲罰去了。

這次上來的是武松哥哥，我的媽呀，我好緊張呀，他可別回答不出來啊，我的意中人怎麼能在這樣關鍵的時候出現差錯呢？萬萬不可，這樣吧——「武松頭領，請聽題目：羊給老鷹打電話？請打一成語，請問，這個成語是不是『陽奉（羊phone）陰違（鷹：「喂！」）』呢？」

這等於是把答案也告訴了他，雖然旁邊很多人，包括正在痛苦地喝我洗腳水的楊林也在用怨恨和嫉妒的眼神看著我們倆，但我還是不在乎，只要我武松哥哥好，我怎麼著都行……

但是，就在我欣喜地等待著他告訴我正確答案的時候，武松卻滿頭大汗地顫抖著聲音說：「答案應該是，是，是『不知好歹』……」

一口鮮血頓時從我嘴巴裡噴出，我兩眼一黑，就什麼都不知道了。

當我醒來的時候，看見「神醫」安道全長長地舒了一口氣，伸手擦掉滿腦門子上的汗水，欣喜地告訴一邊兒站著，滿臉焦急的宋江說：「頭兒，孫二娘醒了，我也不用因爲治不好她而去內蒙古植樹了……」

話沒說完就被宋江一拳打倒，接著他趕緊跑到我的床頭，一臉不忍，語重心長，嚴肅認真地對我鄭重說道：「二娘，咱們梁山的智商我已經不抱任何希望了，爲了梁山的未來，咱們也不辦這個考試了，你一定要挺住，要挺住！！」

**四月十二　多雲，小風**

# 衆武夫的智商考核

今天的早會因爲宋江腹瀉鬧肚子而草草收場，不過爲了體現梁山良好的秩序和鐵打的紀律，宋江吩咐大家都不許散會，哪怕是聊天也要把例行的早會開到一個小時，他說完話，拍拍屁股就去廁所了，除了蔡福和蔡慶去給他一個送手紙，一個在旁邊打著傘防止廁所因爲年久失修而使房頂上的鴿子糞掉在頭上，另外加上張青種菜和「小溫侯」呂方早上就喝多了酒不在現場以外，剩下的梁山一百零三將都一個不少地圍坐在會議場裡，有的喝早茶，有的抽煙，有的乘機互相勾引，很是熱鬧。

吳用爲了顯示宋江不在時他是山寨的第一號人物，便提示大家做遊戲，這下讓大家都激動起來，有的建議玩捉迷藏，有的提議丟手絹，最後還是「賽仁貴」郭盛力排眾議，提示大家每人說一個有關自己的寓言故事。

面對如此有見地有文化的提示，大家都紛紛叫好，等吳用大聲喊到：「講述梁山好漢自己的故事——梁山寓言現在開始！」之後，武松第一個站起來講故事，他講述的寓言是：「沒頭腦和不高興」，整個打虎過程被他講得活靈活現，彷彿就是案件重演，大家一片歡呼。

接下來的是林沖，他給大家講述的真實寓言故事是「孩子是自己的，老婆是別人

的」，講得聲情並茂，大家都也聽得如癡如醉，大聲叫好。

不過我還是最喜歡最後一個出場的魯智深講的「三個和尚」的故事：

話說有一天，原來還是提轄的魯智深三拳打死了鎮關西，因爲害怕官府把他捉起來餵豬，所以就倉皇逃跑，一天，他跌跌撞撞地繞過一個山頭，就看見遠處有一座灰瓦紅牆的院落，不由得心中大喜，心裡琢磨：嘿嘿，老子又有錢搶酒喝了。

且說這智深禿驢那天半夜就起了身逃跑，一路跑來，再短估計也得有個幾百里路程，要放到現在從北京到上海恐怕也快到了，一路上更沒有果子、泉水，早已口渴難耐，見了那寺院，頓時撩起僧袍，提起禪杖直奔而去。

不料，叫魯智深沒想到的是，他還沒有進到山門裡面，就被門口猶如門神一般站立的三個和尚迎面擋住了去路。

據雙方互相通報，這三個和尚原來叫做「智慧」、「智商」和「智力」，乖乖，魯智深心裡琢磨，這肯定好說話，大家都是『智』字輩兒的，於是哈哈一笑，上去就說：「三位師兄請了，老子就是魯智深，聽說過沒？」

三位和尚有氣無力地說道：「聽說過，椎間盤突出嘛……」

魯智深大羞，趕緊叉開話題，說道：「三位師兄，寺中可有水喝？」

# 衆武夫的智商考核

話還沒說完，就見那三個大和尚一齊搖頭。魯智深仔細一看，原來這三個和尚也早已是嘴唇乾裂，像是從塔克拉干大沙漠上出來的駱駝，往地下一看，又見那一口腰杆粗的木桶和丈把長的扁擔歪在地上，估計已經是好幾天沒有沾過水星了。

魯智深有些摸不著頭腦，疑惑地說：「這個山上沒水嗎？」三個和尚仍是搖頭。魯智深又問：「是不是因爲山路艱難，取水不便？」只見三個和尚仍不說話，只把腦袋搖得像個撥浪鼓一樣。

魯智深頓時大怒，過去一把將智力的胸口抓住：「你們是啞巴？還是故意羞辱灑家？別看老子是椎間盤突出，收拾你們一頓也絕沒問題！」智力嚇得結結巴巴更說不出話來，魯智深大怒，一把將其推出零點一米之外，又將智慧的胸口抓住，喝道：「你說！」智慧也嚇得手腳發軟，不知道該如何是好，魯智深氣極，一拳把他的門牙打飛，又抓住了智商的胸口：「你——」

智商倒是不慌不忙，冷靜地說道：「這位師傅，你是不是特喜歡抓人胸部？要是想抓你就說嘛，也不用假裝發怒趁機吃豆腐吧，想必大家都是出家人，這男女之事早已乾旱已久，確實需要，但好歹你還有一雙眼珠子，男女還是要分清楚的嘛，我佛慈悲，你要實在想抓，就跟我明說，你不說我哪能知道呢，你要早說……」

話還沒說完，魯智深就早已口吐白沫，暈倒在地，不一會兒，他被三個和尚拿尿澆醒，眼見智啇又要開口，趕緊哀求道：「拜託，三位師兄，能夠給我口水喝嗎？喝完我馬上就走……」

那智啇和尚點點頭，沈靜地解釋道：「師傅有所不知，寺中原本就師兄智慧一人，挑水種菜倒也自在；智啇我到得寺中與師兄一道擔水度日，卻也未曾斷水；只是師弟智力來到寺中，我等三人才有了如此這般境況——知道爲什麼嗎？」

魯智深迷惘地搖頭，問道：「爲啥呀？」

智啇徐徐說道：「三個和尚沒水吃——你沒聽說過這個古老的寓言嗎？」

群雄聽了紛紛叫好鼓掌，這樣的早會比開會有意思多了。我給大家講述的故事是「十字坡的故事——不要和陌生人說話」，也博得了衆多掌聲，嘻嘻。

# 二娘我的初次失手

今天，因為我的意外失陷，梁山人馬不得不大舉硬攻東京城，結果損失了許多弟兄，但令人高興的是，還是把高俅給捉住了。

不過唯一叫人感到遺憾的是，高俅只被林沖當場餵了三公斤大便，就又被京城中的高手給救走了，最後武松哥哥和李逵合力把我救出之後，梁山人馬只好悻悻地退回了山寨。

回去之後，宋江一臉鐵青地把我帶到堂上，問道：「孫二娘，你可知罪？」

我知道自己出了問題，才致使梁山的這次進攻失敗，所以不敢說話，只是連連點頭。

結果，我被勒令掏大糞一個月零三天。

## 水滸傳原文賞析

李師師低唱蘇東坡《大江東去詞》。宋江乘著酒興，索紙筆來，磨得黑濃，蘸得筆飽，拂開花箋，對李師師道：「不才亂道一詞，盡訴胸中鬱結，呈上花魁尊聽。」當時宋江落筆，遂成樂府詞一首。

寫畢，遞與李師師反覆看了，不曉其意。宋江只要等她問其備細，卻把心腹衷曲之事告訴，只見嬭子來報：「官家從地道中來至後門。」李師師忙道：「不能遠送，切乞恕罪。」自來後門接駕，嬭子婭嬛連忙收拾過了杯盤什物，扛過台桌，灑掃亭軒，宋江等都未出來，卻閃在黑暗處，張見李師師拜在面前，奏道起居，聖上龍體勞困。只見天子頭戴軟紗唐巾，身穿滾龍袍，說道：「寡人今日幸上清宮方回，教太子在宣德樓賜萬民御酒，令御弟在千步廊買市，約下楊太尉，久等不至，寡人自來，愛卿近前與朕攀話。」

# 孫二娘日記

## 四月十九　晴天

今天，我起床稍微晚了一點，剛出門就看見宋江帶著武松、林沖、吳用、劉唐、楊雄、石秀、李逵和楊志他們怒氣衝衝地直奔聚義廳而去，一夥人看上去火冒三丈，好像丟了錢似的。

不一會兒，聚義廳裡傳出「乒乒乓乓」的聲音，好像在砸什麼東西，過了一會兒，王英從裡面滿臉是血的狂奔而出，邊跑邊喊：「我喜歡女人——這有什麼不對啊?!」回頭就見宋江等人拿著啤酒瓶子和西紅柿在後面追著砸他，邊砸邊喊：「誰叫你有這麼狗屎運！我們也喜歡怎麼沒人知道，還得背這樣的黑鍋?!」王英跑著跑著，被林沖扔過來的一個西瓜皮滑倒，摔了個大仰八叉，宋江等人哈哈大笑，看起來過癮極了。

一個時辰之後，忠義堂裡響起了集合的鐘聲，不出十分鐘，大家全都聚集到了一起，包括滿臉貼著膏藥的王英也在內。一干人紛紛議論，到底是什麼原因，這麼早又要開會。

一柱香之後，宋江臉色鐵青地站在上面，用手狠狠地拍著桌子大喊：「起來，全世界被冤枉的同志！」

話音剛落，就見呼啦一下子，大家全都站起來了，宋江一愣，問道：「你們都有冤枉啊？」眾人頓時一片雞蛋西紅柿扔了過去，一起喊道：「廢你娘的話！沒冤枉誰來梁山啊！」

宋江不好意思地笑笑，說道：「對不起，對不起，」他轉而換了臉色，叫道：「你們知道爲啥我早上那麼生氣嗎？你們知道我們爲啥要毆打王英嗎？」台下皆搖頭，宋江點點頭，說道：「你們當然不知道，我來告訴你們吧……」

噢，原來這樣。聽宋黑臉兒說了我才知道，今天要去打高俅，原因是高俅主編的一家叫做《大宋早報．娛樂周末版》的報紙上發表了一篇署名爲「高衙內」的文章，文章中用武松、林沖、吳用、劉唐、楊雄、石秀、李逵和楊志，以及宋江的所作所爲及大量真實的經歷，從邏輯學分析到性心理，從婚姻制度說到戀愛周期，最後得出一個結論：梁山的人除了好色的王英和三名女性之外，全是基佬，也就是同性戀者。他們無不憎惡女性，無不崇尚哥們義氣，把愛情不當東西，拿姐姐不當妹妹，都是性冷感患者。

而且，最叫人氣憤的是，文章中還詳細地列舉了大量令梁山震怒的「事實」，比如

「及時雨宋江，討了樓房安頓閻婆惜，她滿頭珠翠遍體綾羅，水色也似後生，宋先生竟『不中那婆娘意』，愈來愈不敢去她處。她只好勾搭張三郎，宋聽了風聲，全無表態，自此更加幾個月避風頭，說是好漢，不以女色爲念。在道左被外母攔截，逼他回家，還把房門拽上，守住樓梯。益發叫人懷疑他性無能。武松就更冷感了。潘金蓮這等顏色，蜂迷蝶繞的，用盡千方百計，他硬是紋風不動，奇怪吧，勸他吃酒，他劈手奪來潑灑在地，還打女人，拒做『豬狗』行爲。末了在靈堂前把她剖腹挖心，割下頭來，不由得叫人懷疑他有毛病……」

最後，該文章的作者還在文章的結尾處號召從事男性性心理研究的專家來梁山義務診斷，並請全社會的人來幫助他們。

嘿嘿，難怪宋黑臉兒他們要生氣了。

當天下午，梁山集合了隊伍，準備連夜進京城，毆打高俅。俗話說士可殺不可辱，更不可對性能力進行侮辱，這下高俅完蛋了，要真讓宋江逮住，估計真會咬他幾口。

## 四月二十　陰天多雲

# 二娘我的初次失手

我和花榮做爲先鋒部隊早在凌晨八點就第一批打了計程車來到東京城外，隔了半個時辰，大部隊也都坐著軟臥火車全都到齊了。

一大早，宋江集合起大家來開會，說道：「東京不比曾頭市，也不比高唐州，更不比大名府，這裡是首都。首都你們知道嗎？首都就是首要的都市，估計防範緊密，藏個飛毛腿導彈也不是沒有可能，大家一定要小心小心再小心，保重保重再保重，聽到沒有？」

眾人都挺感動，時遷連眼淚都流了下來，紛紛點頭答應。宋江繼續說：「所以，我們就要派一個能幹的強人去打探消息，最好能把高俅活捉回來，來一齣孤膽英雄獨闖虎穴的當代活傳奇，把高俅捉回來之後，咱們都一起餵他吃全梁山的大便，大家說好不好？」

眾人都不敢說話，只有時遷在那裡偷偷地繼續擦眼淚，還在感動。宋江一眼看見，說道：「還是時遷頭領有膽識！時遷，我現在就任命你爲『活捉高俅行動小組』的總負責人兼單獨辦理人……」話還沒說完，時遷頓時大哭起來：「爲什麼受傷的總是我，爲什麼受傷的總是我？爲什麼這次又、又、又是叫我一個人去啊？英雄，你就饒了我吧

……」

宋江不解地問道：「那你爲什麼流眼淚啊？你不是很感動嗎？」

時遷哭著說：「我今天大風迷了眼睛，吹進去一大塊土啊，我哭啊我……」

宋江大怒，說道：「時遷，你長得跟猴子似的，你不去打探誰去？這樣，你有兩個選擇：一，去打探消息；二，去廁所掏大糞，選擇哪個？」

時遷毫不猶豫地大喊：「我選第二！我去掏大糞，我去掏大糞！」

宋江陰險地一笑，說道：「行，你現在就穿上雨衣去站到廁所茅坑的下面，拿一個麻袋接著，來呀，梁山所有的好兄弟，都去廁所拉屎，都必須拉到時遷的頭上，讓他好好掏一掏！」

話剛說完，李逵和魯智深、呼延灼等大塊頭有大智慧的好漢的肚子就「咕嚕咕嚕」地響起來，看樣子已經一個禮拜沒大便了，時遷的眼睛愈瞪愈大，臉色蒼白，顫抖著聲音說道：「以前武松掏大糞，怎麼不是這種掏法兒呀？」

宋江一笑，說道：「你現在選擇去掏大糞呢，還是去打探消息呢？」

時遷哭著說：「那我還是去打探消息吧……」

宋江呵呵一笑，摸著時遷的腦袋說：「這才是好兄弟嘛，我也不忍心叫你這樣小的

腦袋上，都堆滿了大便，對不對？」說完給了他五塊錢，吩咐道：「去吧！」時遷大叫道：「頭兒，這五塊錢，夠坐車嗎？太小氣了吧！現在坐個地鐵都得三塊呢，我回來時的車票怎麼辦呀？」宋江沒好氣地說：「你回來在路邊順便搶個劫不就行了？」時遷還要說話，被一旁的戴宗上來就是一個耳光，大怒道：「你個臭小子！唧唧歪歪，一個勁兒的推脫，言必稱車票錢太少，莫非不是又想騎著我去?!」

聽到此處，宋江吹了一聲口哨，說道：「那麼，就按照戴宗兄弟的意思去辦吧。」

## 四月二十一　晴天，小風

今天中午，走了一整天打探消息的時遷和戴宗終於回來了，除了帶回來三條極其重要的線索，還捎回來一份麥當勞全家餐和兩大桶可口可樂，說是最近京城裡比較流行的速食。宋江接過禮物後也不問打探到的消息，只是把玩著速食，還悄悄地跟時遷說：「下次，哥哥我還派你去。」

這話聽得時遷雙腿發軟，正要暈倒，宋江又問道：「這可口可樂是用來洗澡的

嗎？」時遷再也支持不住，一跤摔倒。

等救醒後，時遷告訴大家三條打探來的消息：

高俅老跟著皇帝

皇帝老跟著李瀛瀛

李瀛瀛老跟著高俅

宋江和狗頭軍師吳用聽完，合計了半天，說道：「這話的意思就是，李瀛瀛是接近皇帝和高俅身邊很重要的一個人啊……」

話剛說完，營帳中的所有人就都看著我，也不說話，在那裡嘿嘿地笑……啥意思？莫不是叫我去接近李瀛瀛？

宋江說道：「二娘……」

他還沒說完，我就趕緊解釋道：「頭兒，我跟李瀛瀛又不熟……」

宋江大怒：「一起玩尿泥還算不熟？一起長大還算不熟？她搶了你的小男朋友還算不熟？還是說她跟你兩人的關係就跟我和吳用的關係一樣，這還算不熟?!」

# 二娘我的初次失手

我趕緊說道：「頭兒，我不是那個意思，我還沒說完呢，我的意思是說，『我跟李濕濕不熟，那是不可能的』。」

宋江點頭微笑道：「二娘，怎麼辦，你該知道吧？這廁所裡掏大糞的事情，我看就讓已經沒用的時遷去辦吧，你呢，就去京城一趟吧，ＯＫ？」

我還沒說啥，時遷已經暈了過去。

下午，我一個人化裝成一個白領，身穿范思哲，腳踩路易．威登，還在大白天打著一把咪咪貓超輕雨傘，溜進了京城，不過找了半天也沒找著時遷所說的李濕濕住的酒樓，沒辦法，我只好到處亂找，拉著人就問：「我想找皇帝的小蜜，你知道她在哪兒嗎？」

不料還沒問到三個人，我就被御林軍抓了起來，罪名是「窺探與皇帝有關的祕密」，給我戴了一副銀手銬就被關了進去。

被一個長得豬一樣的男人審問了半天，我一口咬定就是來找李濕濕的，他問我找她幹啥，我說我是她小時候的玩伴，來找她酗酗酒，敘敘舊。過了三個時辰，李濕濕戴著一副墨鏡進來了，吩咐左右把我放開，然後把我帶到了她住的地方。

哇，幾年不見，李濕濕簡直就是換了一個人一樣，不但用的都是名牌化妝品，而且

# 孫二娘日記

穿戴得也絕非民間所用，最重要的，是連名字都改了。不用她自己說，一看就是皇帝小兒的二奶。李濕濕可能是長期被「囚禁」在此地，看起來也頗爲無聊，除了她畫在牆上的塗鴉和抽象派繪畫作品，還養了不少花花草草，一見到我以後也是大爲驚喜，連連叫道：「二娘，二娘！」

我也激動不已，連連叫道：「二奶，二奶！」

兩個人的手緊緊地握在了一起。隨後，李濕濕叫來一桌子酒菜，我們兩個邊喝邊聊，海闊天空，談天說地，真是快活。最後，聊到我來到此處找她是因爲什麼事情，她說無論什麼事情，只要她能辦到的，我隨便說就ＯＫ了。我剛想告訴她是因爲想接近高俅，把高俅捉回山寨去餵他吃大便，還沒來得及開口呢，就見門簾一挑，進來兩個人，我抬頭一看，是一個小白臉兒和一個糟老頭兒。

李濕濕一見趕緊站起來，給我們互相介紹，她先把那個小白臉兒介紹給我說：「這位就是傷盡萬千少女心，千王之王大帥哥，超級無敵美男子，千樹萬樹都花開的趙先生，」然後一指我，說道：「這位是號稱小李他媽飛刀的『小孫飛刀』，母夜叉，梁山的孫二娘，」之後說道：「你們都認識認識。」

我和他握握手，禮貌地打了個招呼：「趙先生你好。」

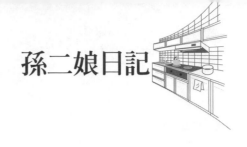

他也說道：「孫小姐你好。」

之後，那個糟老頭兒過來自我介紹說：「我免貴姓高，沒有你們那麼多的頭銜和外號，小老兒是京城裡的一個小官兒，請多賜教。」李濕濕在一旁補充道：「他以前是踢球的，足球明星啊。」高老頭兒微笑著一擺手，說道：「往事不要再提，往事如雲煙，風光已無限。」

看著這兩個知書達禮的先生，我感覺挺不錯的，於是，四個人便坐下來一起閒聊，從秦始皇的帽子說到劉邦的布鞋，從F4的走紅原因聊到周杰倫的火爆因素，從李連杰的功夫侃到周星馳的喜劇，從西紅柿的營養價值談到馬鈴薯的維生素內涵，幾乎無所不談，無所不說，從中午說到傍晚，我才忽然想起今天要辦的事情來。

李濕濕也想了起來，趕緊著急地問：「二娘，你趕緊說，別耽誤了你的事情，這幾位的社交能力都很寬闊，你要說出來他們指不定都能幫助你呢——你找我啥事兒啊？」

我說道：「你認識皇帝嗎？」

李濕濕說道：「認識啊。」

我又說道：「那皇帝認識高俅嗎？」

李濕濕又說道：「認識啊。」

我說道：「那就好辦了，我來這裡的目的，就是想把一個叫高俅的傢伙捉了回去，叫他把梁山的大便全都吃了。」

剛說完，他們三個人都愣在那裡，我問道：「有什麼問題嗎？」只見那個姓高的老頭兒過來搖搖頭，微笑著對我說道：「問題倒是沒什麼，只不過，」他說道：「我實在不喜歡吃大便。」

一旁的李濕濕大笑著說道：「二娘，中招了吧？他就是——高俅！」

我驚訝地呆在當地，過了一會兒才指著那個趙先生問道：「那你的意思是，他就是……」

那個小白臉兒馬上拍著巴掌哈哈大笑道：「你猜對了，加十分！我就是宋朝的當今皇帝『趙大屁股』啊！」

## 四月二十二　陰天有大風

今天，因爲我的意外失陷，梁山人馬不得不大舉硬攻東京城，結果損失了許多弟

兄，但令人高興的是，還是把高俅給捉住了。

不過唯一叫人感到遺憾的是，高俅只被林沖當場餵了三公斤大便，就又被京城中的高手給救走了，最後武松哥哥和李逵合力把我救出之後，梁山人馬只好悻悻地退回了山寨。

回去之後，宋江一臉鐵青地把我帶到堂上，問道：「孫二娘，你可知罪？」

我知道自己出了問題，才致使梁山的這次進攻失敗，所以不敢說話，只是連連點頭。

結果，我被勒令掏大糞一個月零三天。

# 梁山泊的和平年代

下午去梁山圖書館看書，意外地在書本裡發現了很多張的小紙條兒，拿起來一看，原來都是很多人給自己的朋友、親戚和情人、領導的留言。

其中一則竟是我上次借的一本書，裡面居然有張青的一個小留言，上次我居然沒有看到：

給信佛但無愛心的賢妻二娘：

我削馬鈴薯削掉一塊肉已經很可憐了，請不要無情地說：「今天是十五，炒菜不要放肉絲。」

──血流成小河的殘指老公留

唉，我可憐的張青啊……

## 水滸傳原文賞析

再說宋江自盟誓之後，一向不曾下山，不覺炎威已過，又早秋涼，重陽節近。宋江便叫宋清安排大筵席，會眾兄弟同賞菊花，喚做「菊花之會」。但有下山的兄弟們，不論遠近，都要招回寨來赴筵。至日，肉山酒海，先行給散馬步水三軍一應小頭目人等，各令自去打團兒吃酒。且說忠義堂上遍插菊花，各依次坐，分頭把盞。堂前兩邊篩鑼擊鼓，大吹大擂，語笑喧嘩，觥籌交錯，眾頭領開懷痛飲。馬麟品簫，樂和唱曲，燕青彈箏，各取其樂。不覺日暮，宋江大醉，叫取紙筆來，一時乘著酒興作《滿江紅》一詞。寫畢，令樂和單唱這首詞，道是：

喜遇重陽，更佳釀今朝新熟。見碧水丹山，黃蘆苦竹。頭上儘教添白髮，鬢邊不可無黃菊。願樽前長敘，弟兄情如金玉。統豺虎，禦邊幅；號令明，軍威肅。中心願平虜，保民安國。日月常懸忠烈膽，風塵障卻奸邪目。望天王降詔早招安，心方足。

# 孫二娘日記

## 五月十一　晴天

下午去梁山圖書館看書，意外地在書本裡發現了很多張的小紙條兒，拿起來一看，原來都是很多人給自己的朋友、親戚和情人、領導的留言，哈哈，這下可爽大發了，擁有了這麼多的證據，訛詐點項鏈手錶、口紅粉底、零食飲料的，還在話下嗎?!

第一個留言是扈三娘留的：

給苛薄的老公王英：

當我做好一道菜，滿懷期待的想聽到你的讚美，你卻說：「沒關係，不過你的開水倒是燒得很好喝。」

——長這麼大還沒喝過燒得不好喝的開水的老婆留

第二個留言是顧大嫂留的：

給想像力豐富超群的林沖：

當我穿短裙時，你竟然說：「蘿蔔並不可恥，可恥的是還有蘿蔔鬚……」在此，我非常想提醒你注意一下你們家的玻璃，半夜也許會有彈弓子飛上。

——自信心受創的「毛毛腿」顧大嫂留

第三個是吳用留的：

給異想天開的領導宋江：

當上次記者採訪你的時候，人家問你為什麼十字軍東征時，士兵要身穿有十字形的盔甲，你竟然回答說：「是為了在戰爭時，讓敵方更易瞄準，這也是為什麼十字軍東征沒有成功的原因。」簡直就是丟人——請記住正確答案：那是因為他們都和魯智深一樣都有椎間盤突出，穿十字形的盔甲是為了在行軍過程中順便治療的！

——認為你該更用功的「歷史學家」吳用留

# 孫二娘日記

第四個是魯智深留的：

給「梁山第一豬頭」李逵：

上次你欠我的三壺酒，至今已經整整一百天了，昨天我看到你提著三瓶啤酒過來，我問你要一瓶你居然還跟我扯淡，說什麼「這啤酒不是我喝的，是裡面放了藥用來滅老鼠的」——唉，老鼠有喝酒的嗎？再說，我怎麼半夜在你窗戶外面看見你一口氣喝了兩瓶兒，啥事也沒有?!

——怒不可遏的魯智深留

第五個是時遷留的：

給冷酷到底的扈三娘：

迄今為止，我已經給你寫小紙條兒約你半夜出來看月亮一共達到一千兩百五十三次了，可你一次也沒答應我，這我都能夠接受，可是，你為什麼偏偏要跟盧俊義出來呢？難道是因為他比我有錢嗎？這也無所謂，可是，你為什麼要在背後評價我說：「你們誰

沒有見過猴子騎車的，去看看時遷騎馬就行了……」

——已經心碎N次但仍然堅持不懈的時遷留

最後一個竟然是我上次借的一本書，裡面居然有張青的一個小留言，上次我居然沒有看到：

給信佛但無愛心的賢妻二娘：

我削馬鈴薯削掉一塊肉已經很可憐了，請不要無情地說：「今天是十五，炒菜不要放肉絲。」

——血流成小河的殘指老公留

唉，我可憐的張青啊……

## 五月十三　晴天見多雲

# 孫二娘日記

放假了。今天是宋江母親的生日。所以，梁山全山放假一天。

但是一天的心情卻是很複雜。或許，是因爲武松沒有和我一起來城裡，換的卻是別的女夥伴。快樂抑或是寂寞。我不懂得該怎樣描述一段自己也無法確定的心情。

櫥窗裡的白色婚紗給了我白色且純淨的盼望，我忽然想起去年的冬天，在十字坡上的上空，像鵝毛一樣飄著雪，海棠樹下的雪地裡曾有小獸的腳印，步步都踩進我心裡，輕輕的痛著，柔軟著……

剪徑時靠過的小樹在冬天呈現出乾枯卻纏繞的曲線，雪融之後，我已經再沒有勇氣問他，還會想念我嗎……

也許武松哥哥永遠也不會知道，我是愛上他抽煙的姿勢和神情，還有他修長的手指頭，那是我心中的藝術品，是我用嘴唇才能感受出來的價值。可是最後我好殘忍，看煙灰混著淚給了那些白色的純潔一個深深的傷痕。雪下了滿眼滿心的時候，我才發現，愛情，其實是一場我揮霍不起的冰涼。

「這裡的婚紗賣嗎？我好想穿穿婚紗啊。」身旁女伴的語氣充滿期盼，她虔誠的企求一場白色的降臨。我揚起頭，雙手合十，輕輕地閉上眼睛……

她是在等待愛情嗎？
像我一樣？
我不知道。

## 五月十九　陰晴各半

早上出門的時候樹上的烏鴉就在一個勁兒地叫喚，肯定沒啥好事情，這不，剛剛中午在食堂吃完張青做的「紅燒馬鈴薯」和「大蒜馬鈴薯泥」，出門就遇上了公孫勝，作爲一個耍筆桿子的頭領，居然自己都懶得給自己的小兒子寫請假條，非得叫我替他寫，唉，自從上次張青從公家的廚房偷了三條黃瓜回去給我做美容被他發現之後，他一有事情就來找我，好像顯得多麼理所應當一樣。

怨歸怨，但還是得寫，我把他正在上小學的小兒子找來一問，原來是要請一天的假，理由是要去打電玩，不錯，像梁山上的傳人，呵呵，有出息。

今天的狀態還算不錯，剛提起筆來就覺得下筆如有神，刷刷刷，三下兩下就寫就

了：

親愛的豬頭三老師：

你好，我今天給您寫信的目的是我想請個假，這一點相信您很清楚，因為我除了請假從來不寫信的。其實這次本來我也不想請的，我也知道今天是最重要的一次考試，教育局的領導也會來視察，但非常遺憾，我不得不請假，因為我爸爸，也就是梁山的英雄好漢，坐前五把交椅的公孫勝昨天在收保護費的時候被人給砍了，今天除了已經去的幾千個人，實在再找不到人手了，於是叫我去湊個數。

豬頭三老師請您放心，我不會被人拿刀砍的，雖然我才上二年級，但是去年我已經和隔壁班的時遷的兒子時代打過一架，他那時候是五年級，最後他被我打得拖進醫院縫了八針，住了一個星期的醫院，那時候我還是手下留情了，我爸說了，跟人找岔子，一定要狠，所以我遵循著父親循循善誘的教導，把時代送進了醫院。所以請老師放心，在這一點上我是決不會讓你丟臉的。

對了，老師，如果有人欺負你，騷擾你，或者收你的保護費，你就一定要報我的名字，我的名字在這一帶，誰聽了，都要敬我三分。如果他們還不給你面子，你就報我爸

公孫勝的名字，或者直接報梁山泊的名字，看誰敢動你。

老師，我幫我爸爸公孫勝辦完事會立刻趕回來上學的，如果高俅的侄子高校長發現我不在，你不要和他說，因為昨天我爸就是被高校長那個王八蛋帶人給砍的，老師請不要擔心，我牢記著你的話語，一步一個腳印，一刀一道傷疤，我不會手下留情的。我爸爸的兄弟林沖已經殺了高俅的兒子高衙內，我們再殺了高俅的侄子高衙外也根本沒事的。

如果我在兩個時辰之內沒回來的話，請麻煩老師撥打醫院的電話，並請通知梁山泊，請你找一個叫孫二娘的美女，她是我最要好的漂亮超級無敵小阿姨，肯定會幫我的。

老師請您相信我，我會凱旋歸來的。我一定要幫爸爸出這口氣的，我相信你也會為我爸爸申張正義的，我一家六口全靠爸爸和梁山的各位叔叔阿姨爺爺奶奶哥哥姐姐弟弟妹妹們收保護費過日子，如今有人鬧事，我也該露露臉了，再說了，要不這樣一來的話，不但有損於梁山的威名，而且還會斷了我家和我零食以及打電玩的經濟來源。

我去了……

此致

敬禮！

您的學生：公孫失敗

一一〇二年 初夏 寫於梁山

## 五月二十六晴天

半夜起來尿尿，聽見隔壁魯智深住的房子裡有些微小的聲音，咦？這麼晚了竟然還有聲音，莫非不是小偷？我湊過去一聽，原來是魯智深在說夢話，半天沒聽清楚說什麼，我正要離開，他說的最後一句叫我聽了個清清楚楚：「我，我還是個處男……」

暈倒。

上完廁所回去，卻怎麼也睡不著了，索性起來看看有什麼好玩兒的事情，於是我就到滿梁山轉了一圈，統計結果如下：

林沖在張青的菜園子裡偷白菜。

王英因爲和顧大嫂約會，被扈三娘打得滿臉是包。

宋江和吳用在山下的廁所裡約會，好像是在密謀要投靠朝廷，混個小官兒做做，衣錦還鄉的事情。

李逵半夜一個人喝酒，硬是把自己喝醉，自己抱著自己的馬桶唱情歌。

時遷從山下偷了三麻袋遊戲光碟回來，一張一張地往自己的電腦上安裝。

朱武上成人聊天室玩視頻，脫得只剩下內褲在地上跳舞。

戴宗在加工他的軍警靴，把裡頭襯硬紙板。

花榮失戀了，關在屋子裡自己一個人一邊哭一邊唱歌，還大聲地嚎叫。

只有史進在房間裡看書，好學習的人啊，讓我瞄瞄他在看啥子書呢——乖乖，原來他在看《花花公子》！

……

這都是些什麼玩意兒?!

## 六月初一　晴天，白雲

# 孫二娘日記

今天是國際兒童節，宋江特地組織我們去慰問山下的一家社會福利院，爲了顯示我們有足夠的誠意，宋江特地還叫魯智深扛了一大扁擔梁山的土特產品，其實，那些都是張青種的菜大家吃不完剩下的，另外，爲了鼓勵大家都踴躍獻愛心，梁山慰問小組還專門貼出了一張告示：

**六一兒童節梁山慰問活動倡議書**

各位兄弟姐妹們，大家好：

今天是「六一國際兒童節」，為了顯示我們梁山除了打劫還能想到關心下一代的愛心，我們經過研究研究再研究，反覆進行研究之後，決定進行一次慈善活動，不但可以體現梁山的優良傳統，而且也可以使你們聲名遠揚，一舉成名！

希望大家都把自己最中意的東西捐獻出來，許許多多的小孩子都在等待著你們，也都在期盼著你們，請大家踴躍捐獻，一萬元我們不嫌多，一分錢我們，我們，我們就有點嫌少了……但還是請大家要多捐，畢竟蚊子也是肉，咱們要有「湊足雞毛做撣子」的精神，請把大家幾年不穿的衣服，幾年不用的拖鞋，幾年不吃的山藥蛋，統統捐獻出來

吧！

請大家記住，你們捐獻的每一分錢，都有可能挽救一個因為貧困而失學的山區兒童，國家會感激你們，梁山會感激你們，用你們捐獻的錢來打電玩和公款吃喝的領導也會深深地感激你們！

還等什麼呢？行動吧！

梁山慈善事業辦公室

一一〇二年　六月　初一

結果爲了回應號召，大家都紛紛捐獻出了自己好久不用的東西，比如阮家三兄弟就把他們早已壞掉的船捐獻了出來，我則捐了幾大包已經失效的蒙汗藥，宋黑臉兒看見還有些不高興似的，雖然這失效蒙汗藥藥不了人，蒙幾隻耗子總還是可以的吧，憑什麼不爽啊？我孫二娘問心無愧！不像你宋豬頭，只捐了幾隻破了三隻大洞的舊襪子，那襪子破的，簡直就從窟窿裡也能伸進腳去，切！

去了之後，兒童福利院的院長和孩子都非常高興，不但搶著給我們倒水，而且還搶著分禮物，很令人感動。慰問的過程也很叫人激動，還特別順利，除了只有時還在慰問

的期間有過和小孩兒搶冰棍兒吃的事情，別人也只是偷點兒小孩子的玩具什麼的，行爲都不算很惡劣。

首先是宋江走上台去講話：「各位孩子，我們是梁山的，也就是黑社會的，我們今天來慰問大家，就是想讓社會知道，黑社會的人也是有愛心的，就是想叫大家知道，黑社會的人也是善良的！」

接著是吳用代表梁山慈善科的全體同事爲一個過動兒獻花，獻變形金剛和玩具四驅車。

最後，我代表梁山的阿姨給小孩子們跳了一段鋼管舞，簡直是光彩逼人，轟動全院啊……

嘿嘿，難得我也這麼風光一把，瞧台子底下的扈三娘，鼻子都氣歪了，哈哈，那也用不著嘴巴張那麼大地盯著我看吧?老娘的風采你以爲是唬人的?

噫?怎麼都盯著我看呀?

這時候，走上來一個小孩子，就是那種「童言無忌」的年齡的小孩兒，他東搖西晃地走上台來，一把將我的迷你裙抓住，嘴裡叫道：「姐姐，你這裡是什麼呀?」我低頭一看，媽呀，原來是我的腿毛！早上忘了刮了嗎?!

我一狠心，將腿毛一把拔掉，笑瞇瞇地告訴那個小孩子：「這是線頭兒。」大家紛紛被震撼，一起鼓起掌來，我微笑著揮手致意，好歹沒給梁山丟人。

嗚嗚嗚……疼呀……

## 六月初八　晴天

晚上，夢到一場梁山的Party。大家還算可愛，宋江的舞蹈跳得蠻輕盈，像蘇格蘭的老太太。

而舞蹈中的旋轉，是我最怕也最愛的一個動作，如果我是一隻紅色的蝴蝶，我想我願意在旋轉裡死去，死在那個不小心被旋轉吸引的眼神裡……

在我心裡，和心愛的人跳舞無疑是一種很奢侈的心情。比天上的星座還遙遠的童年，像極了那種甜，那種簡單。有人分享便不會覺得孤單。

我在期望什麼？

是夢嗎？

僅僅是夢嗎？

我不能確定，無論如何，我都不能確定。

### 七月十一　陰，有小雨

今天早上剛起床，我牙都沒刷呢，就聽說神機軍師朱武被打傷住院了，嗯？這麼好的人怎麼也會被人打傷呢，記得上次我爲了偷看武松洗澡還求他幫我做了一個超級高倍望遠鏡呢，他花費了整整一個時辰才算弄好，雖然效果實在一般，望遠的距離也只能夠看到三米之外，但他堅決不要報酬，最後也只是勉強收了我三十兩白銀，十兩黃金，一條駱駝香煙，三罈杏花村十年陳釀的汾酒和十四張網路遊戲充值卡，當然了，那十張DVD和六十顆巧克力都是我硬塞給人家的，他也還是假裝推託了一下才收下的。

這麼好的人怎麼會被打傷呢？

去了醫院一看，我發現這個可憐的傢伙確實被打壞了，通過護士小姐的記錄，我得知朱武被打掉門牙一顆，鬍子三根，頭髮一把，淤積一塊，打人的這些歹徒可真夠狠的，要不是護士告訴我，我還真看不出來呢。

一問林沖，才知道朱武是因爲奉了宋江的命令，擅自爲梁山的一些人排了個兵器譜，因爲有些頭領不服氣，所以理論起來，對方只被朱武打斷了十三根肋骨和兩根腿骨，可朱武卻被打成這個樣子，對方也真夠狠心的，一問，才知道是被吳用打的。我納悶吳用又沒有武器，怎麼也會計較兵器譜上的排名？

林沖說：「就是因爲朱武沒有把吳用最擅長散佈謠言的『嘴巴』排列上去，所以吳用才發怒的。」噢，原來是這個原因。

之後，大家仍然爲朱武私自排列的兵器譜表示不滿，宋江做了N多工作也無濟於事，只好無奈下令，此次排名作廢，並絕不影響福利。

## 八月十五　月圓之夜

今天是我在梁山過的第一個情人節——別提醒，我知道這是中秋節，但是晚上參加宋江老兒爲了紀念死鬼晁蓋在梁山五十三週年的日子，特地舉辦的「梁山中秋吟詩會」

上，我和武松坐在一起哦！

這就是我的情人節。

晚上，我們品味著魯智深和李逵剛剛搶劫上山的新鮮果汁，聽說是搶了一個賣水果的小販子得來的，據說這種果汁裡有三種水果在裡面，並且含有大量的維生素和胺基酸，不但能強身健體還能活血化淤，只是叫人覺得麻煩的是每次在喝之前必須得「搖一搖」，不知道是叫我們搖肚子還是搖瓶子，反正最後喝到嘴裡的味道還真的不錯，我和武松哥哥一邊品嘗，一邊賞月，人生如此，夫復何求啊——

第一個出場吟詩的是林沖，他今天朗誦的是：

《「大腕」之梁山版》

一定得選流氓最多的匪窩，
做最酷的沒本錢買賣，
劫就劫一個以上的百姓，
最少也得扯著嗓子喊三次，
什麼官兵平民呀，江湖高手呀，婦女兒童呀，

# 梁山泊的和平年代

能咋呼的全給他嚇趴下，

開頭有聲勢，末尾有架勢，
屁股後頭再跟一撥小嘍囉，
穿英雄大褂，下擺及地的那種，
目標一出現，甭管能搶不能搶都得跟人家喊，
You My Lover！（我最親愛的），
一口地道的梁山匪腔，
倍(兒)有面子，

搶劫的同時再捎上所有的個人魅力，
打劫的武器用非殺傷性兵刃，
一月光嗓子就破十次，
再買一個墨鏡戴上，
二十四小時不摘，

就是一個字——酷，

說的第一句話就得潤色個一週兩週的，
周圍的森林不是陰森的就是恐怖的，
你要是隨便找一地兒就幹這行呀，
你都不好意思跟人家打招呼，

你說這樣的搶劫，能搶多少錢？
我覺得怎麼著也得一個銅板吧，
一毛錢——那是丟人，
一個銅板為底線，
你別嫌少，還有更慘的，
你得研究被搶劫者的微妙心理，
願意一次就能痛快給一個銅板的傻子，
根本不在乎再被多搶十幾二十次，

# 梁山泊的和平年代

什麼叫「梁山泊」你知道嗎？
梁山泊就是搶什麼東西都搶最少的，不搶最好的，
所以，我們設計搶劫的口號（兒）就是——
不求最好、但求最鳥！

林沖畢竟是從京城裡出來的，一口地道的京腔京韻，一首詩整下來，全場幾乎沸騰起來，宋江也不禁激動地使勁兒直拍吳用的腦袋，嘴裡大叫：「想不到啊，想不到，我梁山還有如此的文采，如此的人才！」吳用在一邊兒邊摸腦袋邊提醒他：「以後，甭管多激動，拍您自己的頭！」

第二個出場的是關勝，因爲關勝的人緣不錯，所以一出場大家便紛紛捧場，一起喊道：「大刀關勝！大刀關勝！大倒關勝！打倒關勝！打倒關勝……！」有的人發音不太準確，關勝就被打倒了，不過他站起來之後很快就調整了自己的情緒，清了清嗓子，咳嗽了一聲，朗朗誦道：

為人進出的門，緊鎖著，
為狗進出的門，敞開著，
為官府進出的門，緊鎖著，
為梁山進出的門——怎麼也他媽鎖著！

大家又是一片叫好。

接下來是我的詩歌朗誦，路過武松哥哥身邊的時候，我不禁向他多看了兩眼，那兩眼，叫我終身難忘，你知道我看見了什麼了嗎？——武松的褲子沒拉褲門兒！不知道是不是今天晚上的茶水和飲料免費，所以他喝得太多，以至於一個勁兒的上廁所，結果，一次上，兩次上，上得多了，褲門兒就忘了拉了……

我強自鎮定，花了一個時辰的時間穩定狂跳的心，又用了一個時辰叫醒那些睡著的觀眾，慢慢朗誦道：

情人的淚，一滴就醉；
多情的心，一揉就碎！

## 梁山泊的和平年代

乾柴烈火，一粘就潰；
姦夫淫婦，一挨就呸！
愛也累，恨也累；
走也累，留也累，
不走不留活受罪！
不愛不恨沒滋味！
不要說我錯，
不要說我對！
不要說你錯，
不要說你對！
人生這個謎，
幾人能猜對！
愛情這杯酒，
誰喝都得醉！

說完之後我沒怎麼來得及注意大家的反應，因爲我趕緊去給武松哥哥和宋黑臉收拾和整理嘔吐下的晚飯污穢去了。

宋黑臉兒晚上吃的還是四川的麻辣火鍋，瞧這一地的羊肉片子，真噁心。

## 八月十八　多雲轉烏雲

都說這地方大了，什麼鳥都有，也都有人說，人愈多的地方，嫉妒的心就愈多，可不，經常就會有人互相詆毀，互相打擊，唉，這梁山啊。

早就聽人們說「金毛犬」段景柱是個超級白癡，我一直都不信，今天一大早起來去晨練，就看到段景柱用手抱著一棵大樹吊著身子在那裡練習單槓，乖乖，這不是挺好嗎，誰說人家智商有問題？連單槓都會練，還有什麼不會的？嫉妒，肯定是嫉妒。

於是我走過去問他：「段頭領，這麼早就起來鍛練身體啊？」

段景柱呆呆地看了我半天，說道：「你傻呀？你沒看到我正在給樹做牽引治療啊？」

我一愣，問他：「那樹怎麼了？」

段景柱搖搖頭，歎了口氣說道：「梁山上的笨蛋可真多……」他指著樹幹上的一個小包說道：「它頸椎增生了，你看不出來嗎？」

我還是不信，繼續問他：「段頭領，那我向你請教個問題，說有這麼一種動物，有兩隻腳，每天早上太陽公公出來時，牠都會叫你起床，而且叫到你起床爲止，是哪一種動物？」

段景柱毫不猶豫地回答道：「媽媽！」

# 動物園的柴大官人

中午的時候，宋江終於把眾兄弟召集到一起，慷慨激昂地說：「弟兄們！今天是柴進柴大官人蹲監獄的大好日子！我們怎麼能袖手旁觀呢，就算不去救他，開個會做個樣子，搞搞形式主義，於公於私，於己於人，於情於理，都是非常必要的嘛！大家說，我說得對不對？」

台下頓時一大片爛西瓜皮和西紅柿飛上，宋江左躲右閃，還是被擊中了鼻樑，宋江趕緊說：「沒啥可說的，決定去救柴進的兄弟們，站到左邊去！」

呼啦一下子，大家都站到了左邊，只有李逵待在原地，宋江問道：「小逵，你為啥不去救啊？」

李逵嘻嘻一笑：「柴進欠他們錢，他們不去救這錢不就打了水漂了嗎？他又沒欠老子錢，老子憑啥去救啊？」

## 水滸傳原文賞析

李逵說起：「柴大官人因去高唐州看親叔叔柴皇城病證，卻被本州高知府妻舅殷天錫，要奪屋宇花園，毆罵柴進；吃我打死了殷天錫那廝。」

宋江聽罷，失驚道：「你自走了，須連累柴大官人吃官司！」吳學究道：「兄長休驚。等戴宗回山，便有分曉。」李逵問道：「戴宗哥哥那裡去了？」吳用道：「我怕你在柴大官人莊上惹事不好，特地教他來喚你回山。他到那裡不見你時，必去高唐州尋你。」

說言未絕，只見小校來報：「戴院長回來了。」宋江便去迎接，到來堂上坐下，便問柴大官人一事。戴宗答道：「去到柴大官人莊上，已知同李逵投高唐州去了。逕奔那裡去打聽，只見滿城人傳說：「殷天錫因爭柴皇城莊屋，被一個黑大漢打死了。見今負累了柴大官人陷於縲絏，下在牢裡。柴皇城一家人口家私，盡都抄扎了。柴大官人性命早晚不保！」

# 孫二娘日記

## 十月十五　多雲轉晴

「了不得啦，了不得啦！瞧一瞧看一看了啊，瞧一瞧看一看了啊，柴進柴大官人被捉到了高唐州了啊，身陷牢籠每天吃糠了啊，說不定就回不來了啊，想坐他位子的兄弟早活動了啊！了不得啦，了不得啦！」一大早，就被《梁山日報》的記者們給吵醒了，誰呀這是？這禮拜天也不讓睡個懶覺。

出去一看，原來是解珍、解寶兄弟倆騎著個破自行車，一個載著一個賣報紙呢，我順手賒了一份兒，一邊看一邊問：「我說二位哥哥，柴進蹲了局子，就值得你們倆這麼高興呀？是不是他黑了你們的獎金來著？」

誰都知道，柴進是《梁山日報》的主編和策畫人，給誰發工資和分紅都是他的一句話，這下好了，人剛剛折進去，底下的小弟們就都造了反了。

沒想到解珍愁眉苦臉地說：「不是，二娘有所知有所不知，有所云有所不云，有所見有所不見，有所想有所不想，有所料有所不……」還沒說完就讓他弟弟解寶一個耳

光抽倒，一邊告訴我說：「我哥是話癆，你別見怪，事情是這樣的，自從《梁山日報》獨立出來，不靠財政吃飯得靠自己自力更生了，我們就得這樣製造噱頭，不然誰都不買啊，這次柴主編折進去，我們也是無奈之舉，才這樣吆喝啊，古人有所言，『賣什麼吆喝什麼，吃什麼考慮什麼，』我們這也是順應市場的一種策略啊，算不上落井下石。」

其實誰都知道，解珍和解寶的親生弟弟解放上次來應聘《梁山日報》的兼職狗仔時，柴進因爲沒吃回扣和請客飯，硬是沒收，所以這兩傢伙今天的舉動也是在意料之中。

說歸說，雖然高唐州隸屬官府重地，但畢竟柴進是梁山的人，就像他開始剛剛上山時候所說的話一樣：「我柴進，從此生死奉獻梁山，決無二心（信心、恒心）。」所以大家兄弟一場，還是得去救他。

宋江得信以後，用了整整半天的功夫快速地洗刷完畢，還順便換了一身黑色的西服，穿著黑皮鞋，白襯衫，打著黑色的領帶，知道的是黑社會，不知道的還以爲是要去參加奧斯卡頒獎禮。

中午的時候，宋江終於把眾兄弟召集到一起，慷慨激昂地說：「弟兄們！今天是柴進柴大官人蹲監獄的大好日子！我們怎麼能袖手旁觀呢，就算不去救他，開個會做個樣

子，搞搞形式主義，於公於私，於己於人，於情於理，都是非常必要的嘛！大家說，我說得對不對？」

台下頓時一大片爛西瓜皮和西紅柿飛上，宋江左躲右閃，還是被擊中了鼻樑，他很瀟灑地把一枚雞蛋抹下，繼續說：「我還沒說完呢，大家不要衝動，孔老夫子老早就說過，習武之人最忌諱的，就是衝動……」眼見大家又紛紛舉起手中的石頭，宋江趕緊說：「沒啥可說的，決定去救柴進的兄弟們，站到左邊去！」

呼啦一下子，大家都站到了左邊，只有李逵待在原地，宋江問道：「小逵，你爲啥不去救啊？」

李逵嘻嘻一笑，說道：「柴進都欠他們錢，他們不去救這錢不就打了水漂了嗎？他又沒欠老子錢，老子憑啥去救啊？」

大家紛紛臉皮潮紅，但還是強作鎮定，惱怒之餘都一致決定要李逵也去，畢竟柴進被捉進官府是因爲李逵泡了一個官府大人的妹妹，臨走時留下的卻是柴進的手機號碼，李逵要不去這能說的過去嗎？

最後，經過舉手表決，除了李逵投了反對票，我投了棄權票之外，大家還是以壓倒性的優勢決定，讓李逵去打前鋒。李逵無奈只好答應，一邊下去準備一邊喃喃地說：「誰叫柴進那傢伙上次找了一個恐龍小姐，報的是俺的名兒呢，這不是臭我的名聲嗎！」

## 十月十六　晴天轉多雲

今天一大早，梁山人馬便浩浩蕩蕩地下了山，宋江自封「報仇雪恨大元帥」，李逵則騎著戴宗在前面做前鋒，後面是一大撥英雄和好漢（因爲眾人的衣服上都繡著『英雄』和『好漢』的字樣），林沖提著他的槍，楊志拿著他的刀，剩下的反正除了掃帚和雞毛撣子沒有拿之外，其餘所有能當做武器的都拿上了，只有時遷手裡什麼也沒拿，吳用問他爲什麼，他說：「連廚房裡的菜刀都被他們搶先拿了，我個子小，擠進去的時候早就什麼都沒有了。」

宋江回頭問：「咱們山上的那些個兵器都哪兒去了？」

吳用答道：「公孫勝說他要研究一顆原子彈，所以大伙兒都拿出去大煉了鋼鐵了。」見宋江不太高興，吳用趕緊把自己晚上撓背的「不求人」癢癢撓遞給時遷：「拿

著，別客氣，好歹是件長貨。」

經過三個時辰的路程，大隊人馬終於達到了高唐州府前，宋江傳令，離城五里安營紮寨。等大家剛剛安營紮寨完畢，探子前鋒李逵就騎著戴宗跑了回來，說是打聽到了柴進的下落，據說現在被關在一個動物園裡，和大猩猩關在一起，天天和大猩猩搶飯吃，因爲雙方的身材實在太過於懸殊，現在的柴大官人已經餓得皮包骨頭了，宋江吩咐左右：「把昨天晚上我吃剩下的那半個雞屁股拿來，叫李逵給柴大官人先送去墊墊底，別給真餓死了，欠我那三兩銀子可還沒還呢……」

李逵領命前去，緊接著，宋江便召開了「拯救大兵柴進」行動的第一次會議，會議上各位英雄踴躍發言，著實動了不少腦筋，甚至連動用國際刑警的招數都想到了，可還是覺得不太合適，因爲據時遷剛剛回來報告說，他在高唐州的城牆上爬上躥下繞了好幾圈，發現那裡的官兵都是兵強馬壯，而且沒有一絲一毫的懈怠感和頹廢感，看來是早有準備，畢竟那個叫李逵泡了的妹妹是高唐州知府的小姨子，這次是真把人家給惹毛了。

正當大家覺得硬拚不行，軟的更糟，焦頭爛額，無計可施之時，魯智深抽著煙湊上來獻計：「頭兒，我覺得不如我們挖一條地道，從這裡一直挖到動物園裡去，洞口的直徑我都想好了，最大不能超過一百米，否則大猩猩也跟著回來了，咱們哪兒有那麼多的

香蕉啊？你說是不是，頭兒？」

宋江白了他一眼，說道：「是你奶奶個嘴兒！你覺得挖地道的時間是不是比我們在梁山摟著小妹子看日食的時間還長呢？豬腦子呀你！」

這條兒不行，張順穿著游泳衣又跑上來說道：「頭兒，要不，我接個水龍頭，咱們把長江的水引到這兒來，淹死那幫人！」宋江氣得渾身直發抖，還沒等他說話呢，吳用就罵道：「放屁！那不是連柴進都淹死了嗎？」

大家一起暈倒。

最後，宋江眼珠子一轉，終於想到了一個好辦法。

## 十月十七　晴天轉多雲

經過昨天一整天的休整和精心準備，今天一大早，我和扈三娘就裝扮成了兩個小販子，挎著籃子進到了城裡，看來把門的那幾個保安也是幾個瞎子，我都忘了把梁山統一發的，上面寫著「梁山第一百零三將領，孫二娘」的胸卡摘下來他們也沒看見。

進去之後，我和扈三娘分頭行動，各自分別在城東和城西放生了十五隻老母雞和十五隻小公雞——男女搭配，工作不累，不過小公雞的精力實在太過於旺盛，把幾隻老母雞追得是滿城裡跑，不久，全城喜歡吃雞的人就都倒了——那三十隻雞都有禽流感。

客觀地說，我得承認，這麼高的招兒確實是宋江那隻梁山最大的豬頭想出來的，也不知道這個計謀費了他多少腦細胞，但這的確夠絕的，他管這個叫做「生化武器」，據說是前年去伊拉克旅遊學習開會的時候學回來的一招兒，看來的確有一套，現代戰爭，沒點兒絕活兒哪兒行啊。

於是乎，在全城官兵奄奄一息的時候，我們梁山的隊伍終於開拔進了高唐州，宋江下令：任何人不得單獨搶劫老百姓的財物——如若實施搶劫和「三光政策」之時，必須得有三個人互相監督，否則軍法伺候。

一行人浩浩蕩蕩地四處搜刮民脂民膏，也大肆搜羅金銀珠寶，一時間，高唐州之內是狼煙四起，雞犬不寧。直到大家把高唐州全部洗劫一空之後，才發現柴進還沒有人去救出來，宋江馬上下令石秀和孫立帶五百人去營救，「拯救大兵柴進」的計畫正式開始——石秀負責解救柴進，剩下的五百零一人包括孫立負責扒老虎皮和割梅花鹿的角。

不到三個時辰，柴進被救出來了，他是哭著回來的，吳用和林沖打趣道：「大家都

# 動物園的柴大官人

是自家兄弟，用不著這麼客氣，還感動個什麼勁兒呀。」沒想到柴進抽抽答答地說道：「感動個毛！你們去搶梅花鹿和老虎皮就去搶，拜託你們派點兒眼神兒好的不行嗎？我的屁股都被捅了一刀！」

大家問道：「爲什麼？難道你長得像那可愛的梅花鹿嗎?!」柴進說：「我前幾天偷了一隻小老虎的皮在屁股底下墊著，能保暖啊，也不上火，實在是居家、旅遊、上課、聽講、學習、開會之必備佳品啊，可今天派著去的一個近視眼兒，硬是把我的屁股當大蟲了，他大爺的，沒聽說過『老虎的屁股摸不得』嗎?!」

不過不管怎麼說，柴進終於是被救出來了，大家也終於鬆了一口氣，但還是出了一點小問題，那就是在宋江關於「任何人不得單獨搶劫」的命令下發沒多久，還是發現有人單獨地搶劫了一家內衣店，除了在他身上搜出女人的胸罩和男人的背心兒若干之外，據老闆交待，那個小嘍囉還搶了一些珠寶，這還了得，宋江頓時大發雷霆，決定先不伺候那些城裡的美女，連夜審問這個膽敢違反軍紀的小嘍囉。

主審官是剛剛放出來的柴進，可能是最近跟大猩猩打得交道比較多，兩人也都被互相感染了許多動物和人的習性，大猩猩現在吃飯都必須用筷子，而柴進則現在只要一生氣就使勁兒地拍自己的胸脯，有好幾次都拍腫了。

# 孫二娘日記

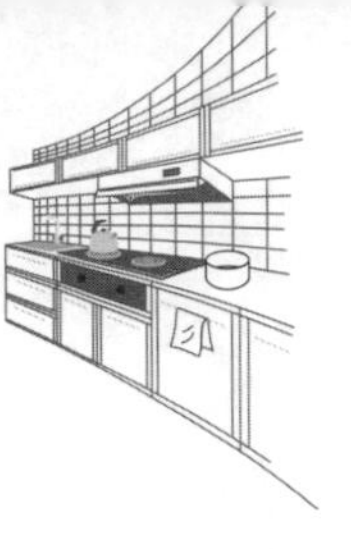

一輪審問下來，坐在大堂裡等待的宋江問道：「招了沒有？」

柴進氣喘吁吁地說：「鞭子都抽斷三根兒，那小子還是嘴硬，就是不招，怎麼辦，頭兒？」

宋江想了片刻，說道：「用電椅，辣椒水，老虎凳！老子就不信他是鐵打的鋼鑄的，敢不招?!」

過了十分鐘，柴進跑了出來。

宋江問道：「招了沒有？」

柴進滿臉大汗地說道：「那孫子嘴實在太硬，我連滿清十大酷刑都使了三遍，他都尿褲子了，可還是不招！」

宋江大怒：「給他看《流星花園》了沒有？」

柴進說道：「連《還豬哥哥》都給他看了，都吐了，還是不招。」

宋江怒道：「那就給他放梁山自拍DV和中國足球的比賽，左右一邊一台電視！」

柴進疑惑地問：「頭兒，你不怕出人命嗎？」

宋江狠狠地說：「他不仁，咱們也不義，他奶奶的！快去！」

柴進點點頭，領命而去，不一會兒，回來報告道：「頭兒，他暈過去三次，都給救

醒了，但還是不招！」

宋江頓時從椅子上站起來，喘著粗氣，五分鐘之後，吩咐道：「看來不用絕的不行了——拿李逵出的那本書《梁山情話——一百零五個男人和三個女人，不得不說的故事》給他看！」

柴進顫抖著聲音說道：「頭兒，那就得出人命了……」

宋江大手一揮，說道：「快去！」

柴進一咬牙，進去了。

一個時辰以後，柴進出來報告：「頭兒，他休克了四次，抽搐了五次，就差點半死過去了，可，可……還是不招……」

宋江氣得滿臉鐵青，大罵道：「一幫飯桶！傳我的命令，拿顧大嫂的照片去給他看——！」

柴進臉上的肌肉顫抖著走了進去，沒過三分鐘，柴進出來了，走到宋江面前，深深地嚴肅地認真地敬了一個禮，用沈痛的聲音和與其語氣說道：「報告頭兒，他，他咬舌頭自盡了……」

# 宋黑臉的大便政策

宋江一聽，臉色頓時微微發紅，為了掩蓋，他故意假裝左右想想，說道：「什麼？哪個黃文炳？哪個啊？我怎麼記不得了？」

公孫勝著急地說道：「就是那個黃文炳啊，臉長得和你一樣醜，一樣黑，打你耳光的那個啊！」

宋江的臉色愈發不好看，陰沈著臉說：「胡說！誰打過我耳光?!我不認識哪個黃文炳！你記錯了吧?!」

公孫勝急切地說：「我發誓，我沒記錯！宋頭兒，你不可能忘記他啊，就是那個強迫著餵你吃大便，你還一邊吃一邊說『味道不錯，好極啦』的那個黃、文、炳啊！」

眾人聽了都「噢」地一聲，宋江的一張豬肝臉頓時漲成黑紫色，大怒道：「明天就出發，征討黃文炳！」

## 水滸傳原文賞析

宋江把黃文炳剝了濕衣服，綁在柳樹上，請眾頭領團團坐定。宋江叫取一壺酒來，與眾人把盞。上自晁蓋，下至白勝，共是三十位好漢，都把遍了。宋江大罵：「黃文炳！你這廝！我與你往日無冤，近日無讎，你如何只要害我？三回五次，教唆蔡九知府殺我兩個！你既讀聖賢之書，如何要做這等毒害的事？我又不與你有殺父之讎，你如何定要謀我？你哥哥黃文燁與你這廝一母所生，他怎恁般修善？久聞你那城中都稱他做『黃面佛』，我昨夜分毫不曾侵犯他。你這廝在鄉中只是害人，交結權勢，浸潤官長，欺壓良善，我知道無為軍人民，都叫你『黃蜂刺！』我今日且替你拔了這個『刺』！」黃文炳告道：「小人已知過失，只求早死！」晁蓋喝道：「你那賊驢！怕你不死！你這廝早知今日，悔不當初！」

宋江便問道：「那個兄弟替我下手？」只見黑旋風李逵跳起身來，說道：「我與哥哥動手割這廝！我看他肥胖了，倒好燒吃！」

## 十月二十五　晴天

這天氣都好好的，山上的糧草和新來的小妹子也都處於飽和狀態，也沒誰招他惹他，可宋江這一大早的就臉黑得像個茄子。開早會時我跟一旁的張順嘀咕，沒想到張順這個豬頭小聲兒對我說道：「二娘你眼花了？宋頭兒的臉本來就不白！」

我白了他一眼說道：「多新鮮哪，臉白的那是燕青！我是說他臉色不大好。」

張順又較勁道：「二娘你眼花了？宋頭兒的臉色什麼時候好過？」

我說：「多新鮮哪，臉色好的那是武大！我是說他臉看起來不怎麼高興。」

張順又道：「二娘你眼花了？宋頭兒的臉啥時候順溜過？」

我說：「多新鮮哪，臉順溜的那是給小護士護膚品做廣告的姑娘！我是說他今天好像心裡有事兒。」

張順又道：「二娘你眼花了？敢問宋頭兒什麼時候心裡沒事兒？」

我狠狠地掐了他一把，罵道：「你跟我對著幹是不是？成心搗亂吧你？啥時候心裡

都沒事兒的那是傻子！我是說，宋江那傢伙今天心裡琢磨事兒哪！」

可能我聲音太高，被一幫人都聽見了，宋江也馬上站起來，說道：「誰說我心裡琢磨事兒呢？誰？誰？」

張順毫不猶豫地站起來，指著我的腦袋說：「她！」

我只好站起來了。

本來估計這月獎金又泡湯了，根據《梁山法規》第一百零三條第五小節規定的「一，任何人不得在背後中傷以及彈劾領導；二，如果領導真的錯了，請參照第一條；」的內容，這次估計又得挨罵了，不料宋江竟老淚縱橫，一把鼻涕又一把鼻涕地哭了起來，邊哭邊說：「知我者，二娘也！旁人都以爲我錦衣良田，金錢美女，位重權也重，都以爲我有多麼地瀟灑快活，多麼地樂不可支，其實我這心裡頭的苦和痛，這心裡頭的憂和愁，沒人知，沒人知啊……哇哇！」

聽他這麼一哭，大家趕緊都圍了上去，七嘴八舌地亂問一氣，林沖問道：「頭兒，怎麼啦？被人給煮啦？」朱武問：「是不是昨天晚上剛抓回來的小娘子跑啦？」阮小二竟然問：「頭兒，是不是每個月都不舒服的那幾天又來到啦？」這些人問得亂七八糟，簡直叫人莫名其妙。聽了半天，宋江再也忍耐不住，猛地一抹眼淚，大喊道：「鬱悶

啊——」大家都不再說話，等著他繼續下面的發言。

隔了老大一會兒，宋江恨恨地說道：「今天的梁山，和過去已經不一樣了，已然成爲大宋朝第一惡勢力，成爲了最大規模的黑社會幫派，真是有詩爲證：

梁山第一黑社會，
誰都不敢來得罪，
人人喝酒人人醉，
過癮賽過去發配！

可無奈這樹大招風，胸大招人，梁山也成了老百姓嚇唬小孩兒晚上不睡覺時的惡人，就連我去年春節想到維也納看場世紀音樂會，海關竟連簽證也不給發，更叫人感到迷惑和鬱悶，叫人傷心的，是竟然這麼些日子來，沒有一個小型的黑社會團夥前來挑釁，也沒有任何人過來下個挑戰書，哪怕是切磋切磋也好啊……」

眾人齊問：「你到底想做什麼呀？」

宋江手撫三寸鬍鬚，徐徐地道：「唉，好久沒打架了，這心裡癢癢啊……」

# 宋黑臉的大便政策

話音未落，就在眾人紛紛嘔吐的時候，這邊馬上走過來一個豬頭，一看原來是公孫勝，他瀟灑地甩甩披肩長髮，說道：「頭兒，你不記得前年咱們在翠花樓裡買春的時候，有一個叫做黃文炳的傢伙，故意找你麻煩，讓你下不來台？」

宋江一聽，臉色頓時微微發紅，爲了掩蓋，他故意假裝左右想想，說道：「什麼？哪個黃文炳？哪個啊？我怎麼記不得了？」

公孫勝著急地說道：「就是那個黃文炳啊，臉長得和你一樣醜，一樣黑，打你耳光的那個啊！」

宋江的臉色愈發不好看，陰沈著臉說：「胡說！誰打過我耳光?!我不認識哪個黃文炳！你記錯了吧?!」

公孫勝急切地說：「我發誓，我沒記錯！我要記錯我就生兒子沒屁眼兒！就是那個黃文炳嘛！宋頭兒，你不可能忘記他啊，就是那個強迫著餵你吃大便，你還一邊吃一邊說『味道不錯，好極啦』的那個黃、文、炳啊！」

眾人聽了都「噢」地一聲，宋江的一張豬肝臉頓時漲成黑紫色，大怒道：「明天就出發，征討黃文炳！」

大家發一聲喊，興奮地道：「收到！」一見有架可打，順便攻陷了哪個城池還可以

有小妹子搶，都激動無比，宋江一一安排完任務，最後小聲兒地祕密吩咐施恩和石勇、張橫：「等會兒散會後，你們三個把公孫勝腦袋上罩個麻袋，拖到梁山最大的廁所裡，餵他吃五公斤大便，少一兩也不行！」

三人得令，領命而去。

半個小時之後，從校場上的公共廁所裡傳來了公孫勝哀嚎的叫聲，聲聞十里，清晰可聞。

## 十月二十八陰天

日記中暗表，話說宋江帶了梁山大隊人馬一起浩浩蕩蕩殺往黃文炳所住的江州城，採用吳用設計的「圍追堵截式」戰略戰術，一舉破獲了黃文炳所擁有的大軍，不但大獲全勝，而且還雙雙活捉了黃文炳夫婦，宋江大喜，趕緊叫人把黃文炳帶了上來，不一會兒，李逵和武松押著黃文炳和他的老婆走上營帳。

宋江嘿嘿乾笑幾聲，喝道：「黃先生，好久不見，別來無恙乎？」

# 宋黑臉的大便政策

黃文炳眨巴了幾下眼睛，不知道他在說些什麼，眉頭也擠成一個大大的「？」號，宋江大怒，罵道：「豬頭黃！老子是問你，你最近怎麼樣？」

黃文炳恍然大悟道：「哦，原來公明哥哥是問我最近在幹啥，你大爺的，早這麼說我不就明白了！我最近呀，開了一個網吧，還營業著幾家娛樂城，平時沒事兒的時候就打打麻將，喝喝小酒，吃吃豆腐，抹抹豬油，也沒什麼大不了的，要是還有時間，我或許還會出去旅遊一趟，去年我去了九寨溝，今年準備去義大利看足球比賽，你知道嗎，米蘭城的德比戰啊……」

宋江頓時來了興趣，問道：「哎，你喜歡哪支球隊？」

黃文炳毫不猶豫地說道：「那還用說，ＡＣ米蘭！」

宋江大怒，罵道：「奶奶的，今天你要不說你喜歡ＡＣ米蘭或許我還可以饒你一命，你還偏偏喜歡那個豬頭ＡＣ，我非殺了你不可啦！」

黃文炳一愣，顫抖著聲音問道：「難道，你喜歡國際米蘭？」

宋江大怒，說道：「錯！不是我喜歡，而是——」說完朝營帳外面喊了一嗓子：「梁山的弟兄，咱們大家全部最喜歡的足球隊是——」只聽得外面整齊而震撼山谷的聲音齊聲喊道：「國、際、米、蘭！」

黃文炳一下子歪倒在地，一句話也說不出來。

宋江喝道：「來人！」李逵和楊志從外面跑了進來，李逵進門時還摔了一跤，不過很快爬起來，擦擦嘴邊的血，問道：「怎麼啦？難道是黃文炳又餵你吃大便了，哥哥？」

宋江氣得頓時暈了過去，過了一會兒，宋江慢慢甦醒，有氣無力地向底下吩咐道：「來人哪……宣我的命令，一，把黃文炳拉下去，餵他吃五百公斤大便，並且指定專門要吃魯智深拉的，吃完後一刀殺了；二，把李逵拉下去，和公孫勝一起掏大糞去；三，把黃文炳的老婆留下，白天伺候我老婆，晚上伺候我……」

## 十一月二十五　晴天

最近的生活很是不平靜，前些日子剛剛活捉了黃文炳，今天早上一起來，又聽說要去火燒翠雲樓，大鬧大名府——乖乖，老是他們內定了以後才告訴我們，也不說叫我們民主投個票啥的，不民主。

# 宋黑臉的大便政策

去就去，沒啥了不起的，說實話，自從我上次在攻打曾頭市的戰役中一舉成名後，現在行走江湖，白道黑道的都得給我面子，那種感覺實在很爽啊，簡直就跟明星一樣，嘿嘿。要是每次戰役都能成全一個英雄，特別是女英雄，我求之不得啊。

上午的時候，宋江照例站在台子上開動員大會：「兄弟們，我們要搶回屬於我們的女人，要搶回屬於我們的金銀，要搶回屬於我們的臉皮和面子，要搶回……」話還沒說完，李逵就在底下疑惑地叫道：「哥哥，我的臉沒丟啊，現在還嫌他厚呢，你要是不嫌棄，俺就白送了你！」話音剛落，就被宋江身邊的朱立和王定六跳下台子，拿麻袋套了頭，拉下去好一頓暴打。

宋江繼續說：「這次的目標是——大名府！大家有沒有問題？」

台下眾人看到被打得滿臉是血的李逵，都不敢說話。

宋江繼續問：「大家有沒有意見？」

眾人還是無人應聲。

宋江微笑道：「大家有沒有反對？」

眾人仍然一片寂靜，正當宋江正要宣佈出發的時候，忽然有人叫道：「我反對——」大家一看，原來是「雙鞭」呼延灼，宋江一愣，吳用和盧俊義馬上喝道：「反

對你個鳥！你這廝吃錯藥了吧？」只見呼延灼雙目含淚，大聲地帶著哭腔喊道：「我反對——請大家，請大家聽我說，我反對的是，這樣明智無比、一呼百應、聰明機智、正確科學的計畫和決定爲什麼不再多一些呢？爲什麼我們山寨有宋頭領這樣的人才而大家都不感激不盡、鼻涕橫流呢？爲什麼這樣對時代，對社會，對整個宇宙都有著特殊貢獻意義的宋江大哥不是皇帝呢？這一切，究竟到底是爲什麼、爲什麼、爲什麼——?!」

呼延灼大聲地叫喊著，聲音亢奮有力，震撼四野。頓時，大家都被他的這個舉動驚呆了，在場的人無不都被他這一番話驚得嘴巴大張，一句話也說不出來，過了大約一秒鐘，才響起了稀稀拉拉的掌聲和如潮水般的噓聲。

宋江過了十分鐘才反應過來，頓時大喜，樂得滿臉都是褶子，也不顧呼延灼滿臉滿腦袋滿下巴的茂密鬍子扎人，瞬間就將呼延灼一把拉過去，感動地在他臉上印下深深的一吻，帶著哭腔地說道：「知我者，呼延灼弟弟也！」

隨後，宋江馬上宣佈：「這次攻打大名府，我決定委派的特派先鋒就是——呼延灼！」大家剎那間就爆炸出一片轟然喝彩聲，呼延灼也呆在當地，不能動彈。我也是一片迷惑，爲啥封了官還這麼呆滯呢？晚上一問張青，才知道「特派先鋒」是專門提前達到目的地，替大部隊生火做飯，採蘑菇偷玉米，大部隊走後給大傢伙收拾大便和垃圾的

先鋒廚子兼衛生隊長。

## 十一月二十六　陰天

爲什麼要攻打大名府，我之前一點也不知道，今天跟著隊伍開到半路的時候才向周通打聽，周通神祕地不說，非得要我許諾這次如果在大名府駐紮的梁中書如果再要比試功夫的話，我大力推薦他出馬，他才告訴我說道：「攻打大名府，是因爲那裡有屬於我們的金銀，有屬於我們的女人，有屬於我們的……」他的話沒說完就被一起的幾個小兵吐了滿臉口水，他趕緊拿衣服擦掉，才向我說道：「其實是因爲盧俊義在那裡被戴了個綠帽子。」

我有點不了解，問他：「綠帽子有啥不好?我們家張青和王英，還有顧大嫂丈夫的腦袋上不就經常戴著綠帽子嗎?怎麼啦?再說了，人家武松的哥哥戴的那頂最大，顏色最深，不也挺好看的嗎?」周通給我解釋道：「二娘有所不知啊，這根本就是兩碼事兒，咱們山寨的人在山寨裡戴著那是擴大內需，刺激消費，要是咱們山寨的人在山寨外

# 孫二娘日記

邊兒戴上，那就是傷風敗俗，丟人敗興了——『家醜不可外揚』，這個你懂嗎？」聽他這樣繞口令的話，我還是不明白。不過小學老師說得好，時間是最好的解釋老師，我不管懂不懂，跟著打仗就ＯＫ了，以後慢慢就會知道的。

上午快吃飯時，終於到了大名府的城前。宋江一看時間，和盧俊義商量了一下，告訴大家：「今天盧員外請客，大伙兒都到城裡的火鍋店涮肉——呼延灼留下看行李！」呼延灼哭著跑了下去，剩下的眾人一股腦兒跑到城裡最大的火鍋店，狠狠地涮了一頓，光羊肉和鯉魚就吃了五十筐，一直到差點把盧俊義涮哭，才作罷。

回營地的路上，我聽見宋江小聲地安慰盧俊義說：「員外，這次是爲了你專程而來，掏點錢涮個肉還至於把你疼成這樣兒？真摳門兒！」盧俊義哭喪著臉說：「涮肉倒無所謂，關鍵是你把這幫人餓了多少時候啊？一上來就跟餓瘋了一樣，再不走就把我也得涮進去！老實說，食堂那筆買肉的錢是不是你拿去找李濕濕了？」宋江臉紅著說道：「這個你就別吵了，大不了我回頭私人補貼你幾百塊還不行嗎？」兩人又嘀嘀咕咕了半天，才歡天喜地的拉了手向前一蹦一跳的走去。

聽到李濕濕，我心裡「咯噔」地一下，好長時間沒跟我這個最好的朋友聯繫了，想不到她還是這樣風騷，前些時候聽說她和皇帝有一腿，想不到宋黑臉兒這樣的貨色她也

不拒絕，真是給我丟人，太沒品味了。

## 十一月二十七　陰天，有小雪

今天上午，本來我是憋著一股子勁要再大顯身手一回的，可宋江非要汲取上次攻打曾頭市的丟人經驗，決定智取……以這些人的智商，怎麼智取啊？這不是明擺著抽自己的臉嗎？不過事在人爲，還真叫他們想出來個辦法。宋江下令，讓我和張青、王矮虎、李逵、凌振等人裝扮成農民和農婦，假裝成賣菜的混進城裡去，再由時遷僞裝成耍猴子的（當然，扮演耍猴人的是杜遷和宋萬，時遷只能扮猴子），混進去之後準備放火。我每次假裝的都是這類角色，不是農民就是伙夫，看看人家扈三娘，每次都是裝扮成明星或者歌手，要不也是二奶和金絲雀。不過怎麼著也比顧大嫂強，她每次扮演的都是掃廁所的大嬸，嘻嘻。

晚上七點，我們準時進城，沒想到他們都混進去了，門衛就把我一個人給攔住了，非要查我的身分證，說是懷疑我是搞傳銷的，我哪兒能看得出像是個搞傳銷的?!簡直是

侮辱人——你可以侮辱梁山，但不可以侮辱我！當下我就大怒，一巴掌打掉了他的三枚本來就已鬆動的牙齒，這下可壞了，頓時來了一大幫人把我抓進了班房，說我襲警，犯了最嚴重的治安和紀律問題，還派人二十四小時專門看著我。

不過弄拙成巧的是，正是因爲我被抓了進去，吸引了大批的警力和防護力量，梁山的大部隊才能順利地全部一個不剩地混了進去。最後，我在半夜十二點的時候透過開滿蘑菇的監獄窗戶，看到了滿天的焰火，我知道，那是組織上的暗號，又過了一個時辰，我被解珍和解寶兩位兄弟救了出去，出去後，宋江竟然笑瞇瞇地等候在監獄門口，給我發了面偌大的旌旗，上面用宋體五號粗字寫著：「獎給孫二娘——裡應外合的苦肉計英雄」！

我又稀裡糊塗地成了一次英雄，這年頭兒，難道英雄也得靠運氣和時機嗎？

據說，我的好幾次事跡還被編成電影，搬上了螢幕，名字就叫——《英雄》。

# 兵器譜的重新洗牌

宋江看來對這些情況非常滿意，於是微笑著對大伙兒說道：「鄙猥小吏，原來上應星魁，衆多弟兄也原來都是一會之人。上天顯應，合當聚義。今已數足，分定次序，衆頭領各守其位，各休爭執，不可逆了天言。」

大家聽了都目瞪口呆，不知道他在說什麼，宋江罵道：「拽幾句文言文你們就聽不懂了？乖乖……」然後，又叫吳用翻譯了一遍，又問道：「此方法怎麼樣?!」衆人都道：「天地之意，理數所定，誰敢違拗？」

這時，說話和做事向來沒遮攔的「沒遮攔」穆弘就在底下小聲吵鬧，聲音雖不多，但還是讓我聽得很清楚：「古惑仔就古惑仔嘛，整這些沒用的玩意兒幹啥?!」

## 水滸傳原文賞析

當時何道士辨驗天書，教蕭讓寫錄出來。讀罷，眾人看了，俱驚訝不已。宋江與眾頭領道：「鄙猥小吏，原來上應星魁，眾多弟兄也原來都是一會之人。上天顯應，合當聚義。今已數足，分定次序，眾頭領各守其位，各休爭執，不可逆了天言。」眾人皆道：「天地之意，理數所定，誰敢違拗？」宋江遂取黃金五十兩酬謝何道士。其餘道眾，收得經資，收拾醮器四散下山去了。有詩為證：

月明風冷醮壇深，鸞鶴空中送好音。

地煞天罡排姓字，激昂忠義一生心。

## 二一〇三年　二月初二　晴

俗話說，二月二，龍抬頭，按照風俗，大家今天都得理髮。特別是外號裡帶「龍」的傢伙們，比如史進，他非要說他是九紋龍，就得理九次髮，一大早就跑到吳用的辦公室裡要求多報銷幾次理髮的錢，否則就躺在地上不起來。

上午十點，忠義堂組織大家開始理髮，據說今天專門從山下請了一個理髮師傅，除了魯智深用不著理，只是隨便拿剃刀刮刮腦袋皮就了事，剩下的都可以按自己的興趣和追求的風格理。

第一個上去理的是武松，他挽了一個髮髻，而且要求把頭髮染成紅色，還說最近最流行的是玫瑰紅的顏色，第二個理的是魯智深，他堅決要求把他的頭髮剪成周杰倫的那種髮型，理髮師說他沒頭髮，只能理個葛優那樣的，魯智深就不高興了，把人家理髮師打得滿臉是血。第三個上去理髮的是劉唐和戴宗，他倆都要求理一個披肩髮，宋江問他們什麼意思，戴宗居然說：「你知道什麼！沒聽說我們倆要組一支樂隊嗎？」

# 兵器譜的重新洗牌

宋江不解地問道：「難道樂隊都得留披肩髮嗎？」

倆人異口同聲地說道：「秀逗！搖滾的誰不是?!」最後，因爲歧視領導的智商和知識面，兩人被強迫剪成兩個大光頭。

最後，我理了一個張曼玉的髮型，還逼著張青理了一個梁朝偉的髮型，反正又不花錢，瞧瞧，李逵光一下午就變了四十六種髮型。

## 六月初十　陰，小冰雹

今天一大早，就聽說宋江的兩個兒子宋禮和宋錢要下山去外面的花花世界裡打工，暫時定爲大兒子宋禮要去網路公司做ＩＴ人士，小兒子宋錢要去南方沿海一帶的大酒店裡做服務生，還想最好半年就能升到領班。

宋江左勸右勸未果，便只好含淚送別，我們也都去梁山下的朱貴酒店裡爲兩個闖世界的年輕人餞行。

魯智深送給兩個小夥子一雙手套，說道：「這是魯伯伯以前偷東西時戴的，這樣

不會留下指紋，你們要好好保存，千萬別給弄丟了。」兩人點頭答應，眾人也紛紛送了禮物和臨別的話語，我只送給他們三毛錢，但話語非常重要，聽得周圍的人們也紛紛點頭，以示讚譽和感慨：「走自己的路，叫別人看笑話去吧！」

最後，宋江滿含熱淚地拉著兩個兒子的手，語重心長地吩咐道：「外面的世界花花綠綠，你們兩個小混球兒可千萬別搞出點毛病帶回來，否則我們全梁山都會得這個病。」

兩個兒子有些不明白，問道：「爲什麼?!」

宋江哭著解釋道：「如果你倆得了這個病，你肯定會傳給你倆的媳婦，你倆的媳婦得了病，那我肯定也得這個病，我得了這個病，全梁山的女人包括你娘肯定也得這個病，全梁山的女人得了這個病，全梁山的男人也肯定跑不了。這不，我們全梁山的人不都得這個病了嗎？」

宋禮和宋錢都嚴肅地點了頭，並且以宋江的孫子的屁眼兒發誓，絕對要潔身自好，決不會輕易地感染病毒回梁山來。一幫人都紛紛表示，這兩個孩子長大了，真的懂事了。

一行人把他們送到山下，依依話別。

# 兵器譜的重新洗牌

## 七月初一　陰天轉晴，有小風

今天的早會很有意思，自從上次的兵器譜排名實施以來，許多頭領都覺得那只是代表自己的兵器，而不能真正代表自己的綜合實力，所以排名也有問題，今天，民間的聲音鋪天蓋地，上面的宋江也終於要重新考慮一下了，加上將來如果真的受招安的話，大家的工資問題也和排名情況直、間接地成正比，所以這件事情更加令人期待。

早上八點鐘，早會準時開始，快開會的時候，施耐庵匆匆地跑進來遞給宋江一本書，說按照梁山現在眾人的綜合素質和紀律問題，沒個幾百天肯定排不出個大家都叫好的名次來，所以他特地從家裡帶來一本已經將眾人排列好的位置書籍，據說這是順應天意的，等等。

宋江正爲這事兒發愁呢，正好是瞌睡送來個枕頭，他大喜之下賞了施耐庵五十兩銀子，趕緊通報了大家，大致的情況的是梁山泊一百零八壯士均已上應天象，排定位置，並且叫一個姓何的道士辯驗天書，再讓「聖手」蕭讓寫錄出來，叫眾位兄弟看了。

宋江看來對這些情況非常滿意，於是微笑著對大伙兒說道：「鄙猥小吏，原來上應星魁，眾多弟兄也原來都是一會之人。上天顯應，合當聚義。今已數足，上蒼分定位數爲大小一等天罡地煞星辰，都已分定次序，眾頭領各守其位，各休爭執，不可逆了天言。」

大家聽了都目瞪口呆，不知道他在說什麼，宋江罵道：「拽幾句文言文你們就聽不懂了?乖乖……」然後，又叫吳用翻譯了一遍，又問道：「此方法怎麼樣?!」眾人都道：「天地之意，物理數定，誰敢違拗?」

宋江大喜，高聲叫道：「ＯＫ!」

吳用和柴進也頗爲高興，顯然他倆偷看了名次，所以激動地要爲大家念詩：

月明風冷醮壇深，鸞鶴空中送好音。

地煞天罡排姓字，激昂忠義一生心。

這詩還沒念完呢，說話和做事向來沒遮攔的「沒遮攔」穆弘就在底下小聲吵鬧，聲音雖不多，但還是讓我聽得很清楚：「古惑仔就古惑仔嘛，整這些沒用的玩意兒幹

# 兵器譜的重新洗牌

啥?!」

這廝每到開會時就在座位底下嘀嘀咕咕，很受講話領導的討厭，這不，他的感歎語氣詞還沒感歎完，宋黑臉兒就在上面用那雙白內障的眼睛狠狠地剜了他一眼。

不過這也不能怨穆弘，領導開會向來就是這麼唧唧歪歪，這次更不例外，坐的我差點痔瘡發作，才算把形式主義搞完，不料吳用剛宣佈完眾人的名號及自己的對應星座，眾人就一片喧嘩，無數西紅柿和雞腿兒也飛了上去，看樣子要不他跑得快，估計李逵的斧子也能飛得上去，底下跺腳的跺腳，拍手的拍手，叫喊的叫喊，罵娘的罵娘，好不熱鬧——也難怪，這次的座位職務事關大家的獎金福利和日後搶劫後的回扣和分紅，大伙兒亂一亂、鬧一鬧也是正常的，所以這個早會從上午九點一直開到中午一點也沒開完，會場更是一片混亂，直到最後宋黑臉兒怒得站在桌子上大力捶胸、氣得亂吐口水，這才好不容易控制住局面。

最終，經過眾人的爭吵推搡、指責漫罵、大打出手、昏天黑地、一片狼籍之後，大部分的已確定完畢，少部分不能達到個人滿意的效果則通過抓鬮的形式，其餘極少部分無論怎樣都不贊成、成心搗亂的人渣如李逵、時遷者，便讓魯智深幾人過去趁其不備先一棒子打暈，採取少數服從多數的形式，等大家通過確定了再另行救醒通知，這才總算

# 孫二娘日記

把座次排了下來

另外，這撥人的名字及諢號、綽號、外號太多太雜，爲防止哪個打家劫舍不上繳組織而獨吞；以及杜絕邀功請賞時相互混淆的現象，特把眾人網名及姓名、諢號也都詳細附錄如下，交以統計科備案，做到「日防夜防，家賊更防，不可不防，防無一失」的責任機制，具體情況如下：

| 姓名 | 諢號 | 外號 | 網名 |
| --- | --- | --- | --- |
| 【梁山泊總兵都頭領二員】 | | | |
| 宋江 | 呼保義 | 宋黑臉兒 | 「痞子宋」 |
| 盧俊義 | 玉麒麟 | 大馬 | 「我是大款」 |
| 【掌管機密軍師二員】 | | | |
| 吳用 | 智多星 | 豬腦袋 | 「我是豬頭我怕誰」 |
| 公孫勝 | 入雲龍 | 大屁股 | 「小馬哥」 |
| 【一同參贊軍務頭領】 | | | |
| 朱武 | 神機軍師 | 人妖 | 「美女如花」 |

# 兵器譜的重新洗牌

【掌管錢糧頭領二員】

柴進　小旋風　土老冒　「我是一片雲」

李應　撲天雕　大鳥　「瀟遙鳥」

【馬軍五虎將五員】

關勝　大刀　小刀片　「麻醉師傅」

林沖　豹子頭　山羊鬍子　「我要老婆」

秦明　霹靂火　小火柴　「賣火柴的小男孩」

呼延灼　雙鞭　牛鞭　「小怯怯」

董平　雙槍將　西紅柿　「雞蛋王子」

【馬軍八驃騎兼先鋒使八員】

花榮　小李廣　女人　「猛男二〇〇三」

徐甯　金槍手　豬　「誰叫我豬誰是豬」

楊志　青面獸　夜叉　「雪人」

索超　急先鋒　傻蛋　「忘情水」

張青　沒羽箭　禿子　「兔子」

| | | | |
|---|---|---|---|
| 朱仝 | 美髯公 | 鬍子 | 「關羽二代」 |
| 史進 | 九紋龍 | 青蛙 | 「青蛙王子」 |
| 穆弘 | 沒遮攔 | 大熊 | 「小蝌蚪」 |

**【馬軍小彪將兼遠探出哨頭領一十六員】**

| | | | |
|---|---|---|---|
| 黃信 | 鎮三山 | 毛片兒 | 「老大」 |
| 孫立 | 病尉遲 | 病人 | 「續哥」 |
| 宣贊 | 醜郡馬 | 醜八怪 | 「遊來遊去」 |
| 郝思文 | 井木犴 | 猴子 | 「玻璃愛情」 |
| 韓滔 | 百勝將 | 電腦鍵盤 | 「滑鼠王子一一〇二」 |
| 彭璣 | 天目將 | 記者 | 「小鴨子」 |
| 單廷 | 聖水將 | 自來水 | 「為愛而生」 |
| 魏定國 | 神火將 | 豬八戒 | 「我是猴哥」 |
| 歐鵬 | 摩雲金翅 | 麻雀 | 「鵬程萬里」 |
| 鄧飛 | 火眼狻猊 | 小鳥鳥 | 「傑克」 |
| 燕順 | 錦毛虎 | 大蟲 | 「貓咪咪」 |

# 兵器譜的重新洗牌

馬麟　鐵笛仙　半仙　「神仙來了」

陳達　跳澗虎　小貓　「星球大戰」

楊春　白花蛇　發春　「SPRING」

楊林　錦豹子　楊偉　「愛誰誰」

周通　小霸王　哥兒們　「泰國帥小夥」

【步軍頭領一十員】

魯智深　花和尚　沒頭腦　「帥哥哥」

武松　行者　不高興　「劉德華二代」

劉唐　赤發鬼　鬼呀！　「我很醜但很溫柔」

雷橫　插翅虎　小鬼臉兒　「岔氣難套」

李逵　黑旋風　煤炭　「我本溫柔」

燕青　浪子　小白臉兒　「白兔妹妹」

楊雄　病關索　牙膏　「黑妹」

石秀　拚命三郎　傻子　「看啥子看?!」

解珍　兩頭蛇　楊乃武　「帝國高手」

| | | | |
|---|---|---|---|
| 解寶 | 雙尾蠍 | 小白菜 | 「FIFA高手」 |

【步軍將校一十七員】

| | | | |
|---|---|---|---|
| 樊瑞 | 混世魔王 | 飯桶 | 「雪妹妹」 |
| 鮑旭 | 喪門神 | 沒飽 | 「高手如我」 |
| 項充 | 八臂哪吒 | 玉米 | 「一二三，木頭人」 |
| 李袞 | 飛天大聖 | 猴子哥哥 | 「壯男」 |
| 薛永 | 病大蟲 | 打火機 | 「今夜寂寞誰知道」 |
| 施恩 | 金眼彪 | 病歪歪 | 「病直直」 |
| 穆春 | 小遮攔 | 玉米棒子 | 「百變金剛」 |
| 李忠 | 打虎將 | 耗子 | 「冰冷的心一七五八」 |
| 鄭天壽 | 白面郎君 | 白菜幫子 | 「西瓜」 |
| 宋萬 | 雲裡金剛 | 煙頭兒 | 「ZIPPO」 |
| 杜遷 | 摸著天 | 大個兒 | 「皮皮魯」 |
| 鄒淵 | 出林龍 | 小雞雞 | 「魯西西」 |
| 鄒潤 | 獨角龍 | 胡蘿蔔 | 「舒服壞了」 |

龔旺　花項虎　大皮鞋　「三寸金蓮」

丁得孫　中箭虎　猴子弟弟　「歸雁落無聲」

焦挺　沒面目　臭豆腐　「胡名偉」

石勇　石將軍　小石頭　「小號鯊魚」

【四寨水軍頭領八員】

李俊　混江龍　比基尼　「青衫不濕」

張橫　船火兒　竿子　「德爾古拉」

張順　浪裡白條　掐到底　「方謝謝」

阮小二　立地太歲　手機　「BIRD」

阮小五　短命二郎　軟小五　「星語星願」

阮小七　活閻羅　軟小七　「我是謝庭峰」

童威　出洞蛟　小蛇　「無間道梁山版」

童猛　翻江蜃　泥鰍　「嚇死你」

（四店打聽聲息，邀接來賓頭領八員：）

【東山酒店】

# 孫二娘日記

孫新　小尉遲　服務員　「橫衝直撞」

顧大嫂　母大蟲　母豬　「我本輕盈」

【西山酒店】

張青　菜園子　馬鈴薯哥哥　「痞子菜」

孫二娘　母夜叉　打死我也不說　「輕舞飛揚」

【南山酒店】

朱貴　旱地忽律　旱地拔蔥　「水果王子007」

杜興　鬼臉兒　鬼丈夫　「我是大學生」

【北山酒店】

李立　催命判官　小分叉　「飲料」

王定六　活閃婆　婆子　「遊來遊去」

【總探聲息頭領一員】

戴宗　神行太保　軍警靴　「寶馬」

【軍中走報機密步軍頭領四員】

樂和　鐵叫子　唱戲的　「其實我是一演員」

# 兵器譜的重新洗牌

時遷　鼓上蚤　蝨子　「壯如牛」

段景柱　金毛犬　狗哥　「小狗狗」

白勝　白日鼠　耗子　「誰是貓我K誰」

【守護中軍馬驍將二員】

呂方　小溫侯　菜花兒　「GOOGLE」

郭盛　賽仁貴　BB機　「往事如風」

【守護中軍步軍驍將二員】

孔明　毛頭星　豬葛家族一　「歧視臭皮匠」

孔亮　獨火星　豬葛家族二　「感冒通」

【專管行刑劊子二員】

蔡福　鐵臂膊　台燈　「別愛我」

蔡慶　一枝花　梁山第一花　「花仙子」

【專掌三軍內探事馬軍頭領二員】

王英　矮腳虎　小矬子　「擎天柱」

扈三娘　一丈青　騷貨　「梁山孫燕姿」

# 孫二娘日記

【掌管監造諸事頭領一十六員】

| | | | |
|---|---|---|---|
| 蕭讓 | 聖手書生 | 嘸頓蹲 | 「笛子哥哥」 |
| 裴宣 | 鐵面孔目 | 鐵臉皮 | 「告訴我你不愛我」 |
| 蔣敬 | 神算子 | 傻蛋 | 「聰明人」 |
| 孟康 | 玉旛竿 | 比卡丘 | 「玻璃家族001」 |
| 金大堅 | 玉臂匠 | 上海姑娘 | 「藍蘋果」 |
| 侯健 | 通臂猿 | 猩猩 | 「我像猩猩」 |
| 皇甫端 | 紫髯伯 | 紅鬍子 | 「雨兒」 |
| 安道全 | 神醫 | 牛皮癬 | 「老中醫」 |
| 湯隆 | 金錢豹 | 尿不濕 | 「湯圓兒」 |
| 凌振 | 轟天雷 | 林子 | 「TT」 |
| 李雲 | 青眼虎 | 熊貓 | 「菜花小姐」 |
| 曹正 | 毆打刀鬼 | 劊子手 | 「愛我你怕了嗎」 |
| 宋清 | 鐵扇子 | 掌擰 | 「寒夜2000」 |
| 朱富 | 笑面虎 | 老虎屁股 | 「隨便摸」 |

陶宗旺　九尾龜　王八蛋　「海龜派」

鬱保四　險道神　風騷四　「殘缺的愛」

至此，梁山英雄排座次，天下好漢歸一統。

後人有詩爲證：

月明風冷醮壇深，鸞鶴空中送好音。
地煞天罡排姓字，激昂忠義一生心。
天下流氓呆一處，共集梁山聚義廳，
齊心協力同奮鬥，分了大宋的金銀！

# 討方臘的搞笑長征

從梁山出來，已經有一陣子了。

這些天來因為水土不服，路上又折損了十三個兄弟，他們有的是因為吃了路邊的野草，有的是採了有毒的蘑菇，還有的，是因為爬上路邊的小木屋偷看女人洗澡，失足掉了下來……形形色色，不一而同，這幾天來宋江和大家的情緒都非常不好，不知道到底該繼續走下去，還是返回梁山，過以前的那種令人懷念的平淡如水的美好生活，商量了無數次，開了N次會之後，大家想到如果現在回去，高俅也不給大家報銷路費，所以還是決定繼續走下去。

## 水滸傳原文賞析

再說宋江於奉詔討方臘的次日，於內府關到賞賜緞疋銀兩，分俵諸將，給散三軍頭目，便就起送金大堅，皇甫端去御前聽用。宋江一面調撥戰船先行，著令水軍頭領整頓篙櫓風帆，撐駕望大江進發，傳令與馬軍頭領，整頓弓、箭、鎗刀、衣袍、鎧甲；水陸並進，船騎同行，收拾起程。只見蔡太師差府幹到營，索取「聖手書生」蕭讓，要他代筆。次日，王都尉自來問宋江求要「鐵叫子」樂和，聞此人善能歌唱，要他府裡使令。宋江只得依允，隨即又望送了二人去訖。宋江自此去了五個弟兄，心中好生鬱鬱不樂。當與盧俊義計議定了，號令諸軍，準備出師。

卻說這江南方臘造反已久，積漸而成，不想弄到許大事業。此人原是歙州山中樵夫，因去溪邊淨手，水中照見自己頭戴平天冠，身穿袞龍袍，以此向人說自家有天子福分。因朱勔在吳中徵取花石綱，百姓大怨，人人思亂，方臘乘機造反，就清溪縣內幫源洞中，起造寶殿，內苑，宮闕，睦州，歙州亦各有行宮，仍設文武職台，省院官僚，內相外將，一應大臣。

## 八月初一　晴天間多雲

今天，是我們起程前往南方征討方臘的第一天，因爲不知道什麼時候才能回來，所以宋江都提醒大家把自己最心愛的寶貝和玩具統統都帶在路上，自己背不動的可以全部交給「神行太保」戴宗，以防在家被偷，長期豐富而慘痛的歷史經驗告訴我們，愈是賊窩，愈要加強防盜意識。

於是，我把我三大包的鍋碗瓢盆都帶了出來，和武松的一台電腦一起打了包，讓戴宗背上，反正他跑得那麼快。經過吳用統計，眾人的東西，交給戴宗的一共有三十六噸，分別是：

魯智深：禪杖一把，大米三十斤，剃刀一把，火柴三盒，暖壺一個

李逵：板斧兩把，內褲一打，風衣一件，台燈一座，滑鼠墊兒兩隻

宋江：《花花公子》合訂本三套，香煙三條兒，啤酒一筐

吳用：被子一套，襪子六隻半，蚊香一盒，軟碟七張，CD五張
柴進：《史記》及《資治通鑑》各一套，二踢腳一個，MP3一套
盧俊義：自行車一輛，照相機三個，禮花四個，礦泉水五十四瓶兒
公孫勝：電視機一個，茶杯四隻，蒙汗藥一箱，梳子六把
呼延灼：鞭子兩根，感冒藥六包，小說四本，雜誌六十五本，報紙一堆
林沖：酒壺一隻，小汽車模型兩個，照片一千六百五十四張
阮小二：漁網兩套，魚杆兒四根，打火機六十八個，枕頭兩個
阮小五：手機一部，充電器一個，衛生紙一打，家庭影院一套
還有各位頭領的各種雜物若干件……

當吳用念到一半的時候，戴宗睜著迷茫的眼睛問道：「吳頭兒，咱們這是要移民呢，搬家呢，還是要去打仗啊？」

吳用也沒答話，宋江便在一邊兒走過來，笑嘻嘻地摸著他的頭，說道：「乖，就辛苦戴院長了，咱們這次要是打仗打得好，可就不回來了，直接去東京定居了……」

話還沒說完，李逵突然大怒道：「爲啥要去東京?爲啥要去東京?!」

# 孫二娘日記

宋江說道：「爲啥不去東京啊？那裡人傻錢多，爲啥不去呀？難道咱們就一輩子住在這個破梁山上？你知不知道我那窯洞已經幾年沒修了，一到下雨的時候就漏水呀，不是我說，你怎麼連一點點的進取心都沒有啊？」

旁邊的燕青插話道：「頭兒，咱們去了住哪兒啊？」

宋江點點頭，說道：「這個問題比較實際。不過大家不要擔心了，我已經和高俅那傢伙昨天晚上通過電話了，他說他會幫咱們解決的，咱們現在的首要任務，就是要把仗打好，爭取多活捉一些南方的小妹子回來獻給皇上，到時候，只要皇帝小兒那個趙大屁股一高興，咱們說不準就都能封官兒了，嘿嘿，真是無限憧憬中啊……」

林沖湊過來說道：「啊？高俅?!那可是老子的不共戴天的仇人……」

宋江把他的話打斷，說道：「嗨，你這就有點兒小心眼兒了不是？他不過是讓他兒子搶了你的老婆了嘛，再說，也沒搶成不是？要將來真的住了東京，你去偷偷地泡他的老婆不就賺回來了嗎？」

林沖還在考慮，宋江大手一揮：「還有什麼問題？」

李逵起來大怒，說道：「老子不去！」

宋江大怒道：「你這黑廝！又出來搗亂，真討厭……」

李逵不好意思地：「不是啊，我又何嘗不想去東京那花花世界啊，可是我又不懂日文，再說，也不會說英語，去了倭國那裡可怎麼辦啊？還有，聽說那裡經常會被扔原子彈噢……」

宋江失望地說：「自從你上梁山到現在，怎麼智商還是如此之低啊？咱們是去大宋朝的首都東京，又不是去日本，日本那種地方，挨過原子彈不說，人長得就跟王英似的——」說著一指旁邊認真拿著筆記本記錄的王英，說道：「呶，就像這廝一個德性，天天光吃大便一樣的料理飯，那哪兒能去啊，咱們炎黃子孫誰願意去啊？咱們可都是中國人！」

大家一致叫起好來，李逵不好意思地摸著腦袋說：「可是，大城市的房子很貴啊，聽說一平米就得一萬塊兩銀子哪，這還只是說一般的住房，還不說那些商圈和那些有寬頻的京城高級別墅，那些更得貴啊……」

宋江再也按捺不住，頓時吐了他一臉口水，罵道：「黑驢！不許胡說！再擾亂我軍心當心我抽你！」轉頭對大傢伙兒說道：「東京的樓房是貴點兒，不過沒有黑驢說得那樣誇張，一平米哪兒有一萬多塊啊，頂多也就是九千九百多一點點兒，大家放心好了，到時候如果不是，大家抽我的臉！」

聽他這麼一說，大家也就放心了。

李逵伸手把臉上的口水擦掉，嘟囔道：「你奶奶的宋江，早上喝豆漿也不帶上老子！」

眾人皆翻倒。

**八月十五　陰天**

今天，我們來到一個叫五龍山的地方，這裡是梁山大軍南征到達的第一個地方，也是我們要打的第一個硬仗，俗話說「萬事開頭難」，這一仗要是打好了，估計後面的美女帥哥和金銀財寶也都順理成章，水到渠成，輕而易舉多了，上午十點的時候，宋江開始集合三軍，高聲叫道：「我剛剛看書了，書上說咱們一共有九九八十一難，這是第一難，必須要加倍地努力努力再努力……」

話音未落，時遷喊道：「頭兒，那好像是《西遊記》吧？咱們是《水滸傳》啊！」

宋江聽了，趕緊低頭翻了一下書皮，面紅耳赤地說道：「早上出來得匆忙，拿錯了，這樣吧，咱們閒話少說，誰替梁山打個先鋒，振振我梁山的威名！」說完，用他的白內障眼睛四處掃描了一下大家，高聲叫道：「誰去？」

眾人面面相覷，誰也不說話，宋江等待了半天，不耐煩地說道：「誰去？到底誰願意第一個出去叫板？」

還是沒人應聲，三分鐘之後，宋江再也忍耐不住，叫道：「五兩銀子——誰去?!」

……

「十兩銀子——誰去?!」

……

「二十兩銀子——誰去?!」

……

「三十兩銀子——誰去?!」

……

「娘的……豁出去了！五十兩——誰去?!」

……

還是沒人應聲，宋江滿臉通紅，憋足了勁兒地叫道：「我不要命了……一百兩銀

子！誰願意去?!」

仍然沒人說話，宋江乾舉著雙手在空中等待了半天，正要失望地含淚放下，忽然聽到角落的一個聲音叫道：「一百五十兩！」

宋江一驚，想了想，叫道：「一百一十兩！」

對方喊道：「一百四十兩！」

宋江又喊：「一百二十兩！」

最後，倆人異口同聲地同時叫道：「一百三十兩！」宋江手裡舉著的鼓錘終於狠狠地砸在了桌子上，吳用在旁邊叫道：「成交！！」

話音剛落，只見角落裡跑出一個滿臉喜悅的人來，雙手向會場裡連連揮手，在大家的掌聲中跑上台子，眾人一看，原來是公孫勝。他走到台子上，清了清嗓子，向大家說道：「我能拍到這個價格，首先要感謝各位好漢，感謝大家沒有出來和我瞎攪和，另外我還要感謝我的爸爸和媽媽，他們一直在遠方默默地鼓勵著我，支持著我，最後，我還要感謝宋江哥哥和吳用弟弟，他們這麼多年來對我的感情和幫助，我一刻也不能忘記，另外還有，我還想感謝我的授業恩師……」話還沒說完，台子下面頓時飛上去無數的西紅柿和臭雞蛋，公孫勝連忙住嘴，向宋江說道：「謝謝哥哥，拿錢來吧——」

宋江嘻嘻一笑，說道：「來人，把『聖手書生』蕭讓叫上來！」

蕭讓不一會兒便跌跌撞撞地跑上，顯然是大早上就一個人喝醉了，噴著酒氣說道：「頭兒，幹啥？又要我給你去叫雞呀？」

宋江充滿埋怨地看了他一眼，偷偷拿手掐了他一把，說道：「討厭，人家找你有正經事情——筆墨伺候，來呀，請蕭讓兄弟代筆，給公孫勝那傢伙打個欠條兒，就說我梁山欠他一百三十兩銀子，五十年內一定還清！」

公孫勝的兩隻眼睛瞪得有如牛眼一般，顫抖著聲音向宋江叫道：「頭兒，又，又，又打欠條兒……?!」

宋江微笑著點點頭，抑揚頓挫地說道：「嗯哼……」

公孫勝的表情頓時變得愈來愈憂傷，隨即流下了兩滴熱淚，向台上台下哭訴道：「各位都給評評理啊，光今年一年，我爲梁山出生入死就達到了數千次，可每次收的都是欠條兒，迄今爲止，我已經收到欠條兒一百零八張了，相當於咱們梁山的頭領總數呀，可沒有一條兒，宋頭兒給我兌現過呀，嗚嗚嗚……」說著說著大哭起來，時而捶胸擊背，時而放聲哀號，顯得很是悲傷。

宋江見了心下也是不忍，過去安慰道：「公孫兄弟，你實在不要太悲傷了，人嘛，

總是要信譽的，錢嘛，總是要還的，不過五十年而已，你還是能夠等得上的……」

公孫勝抬起頭來，紅著眼睛哭著說道：「五十年啊，連伊拉克都超過美國了……」

下午三點整正式開戰，有道是說時遲那時快，不出三個時辰，公孫勝就帶著淚痕披掛整齊，騎著馬到山下高聲叫道：「此山是你開，此樹是你栽，若要我回去，拿賣路錢來！」

不一會兒，從對方的陣營中走出一個道人來，笑著說道：「原來是公孫大哥，兄弟這邊有禮了！」

公孫勝一看，驚訝地叫道：「原來是師弟，你小子怎麼投靠了那邊兒了？」

那道人說道：「兄弟就是喬道清，唉，哥哥有所不知啊，咱們師兄弟二人分開以後，我本來在離東京不遠的城市開了家飯店，做點兒小本錢買賣，可是去年亞洲的金融危機，加上通貨膨脹，結果把我那個小飯店剛剛上市的股票和期貨都給賠光了，兄弟萬般無奈，只好出來打個短工，混口飯吃，哎，哥哥你怎麼還在梁山混呢？」

公孫勝臉上一紅，但還是硬挺著說：「我這邊兄弟對我實在太好，我實在是不忍心拋下他們而去，加上還有些欠條兒沒有兌現，所以……」

話還沒說完呢，宋江就小聲喊道：「說正事兒，欠條兒的事回去再說，別丟人！」

公孫勝一驚，趕緊恢復狀態，叫道：「喬道清，咱們雖然是師兄弟，但既然時到今日，咱們倆人也得分個明白，說吧，你是要棄暗投明地歸順梁山，還是我把你一個耳光抽下馬來！」

喬道清嘻嘻一笑，說道：「師哥，不是弟弟說你，梁山有啥好的，還是你過來這邊兒吧，這裡工資高，業務提成也不少，每年年底還有分紅和獎金，工作量不大壓力小，休假也要給工資，年年還有旅遊補助，不光這樣，山上還有許多新來的小妹子，個個是水靈鮮嫩，前凸後翹，要美眉有美眉，沒得說，哎另外，這裡的總老闆方臘和咱們還是老鄉哪！」

公孫勝聽得兩眼冒光，流著哈喇子地問：「真的？」

喬道清真誠地說道：「真的真的！你說，咱哥倆從一起學藝一起偷東西，再到一起泡妞，師哥，你說我能騙你嗎?!」

公孫勝聽得滿頭大汗，再也按捺不住，打馬就向對方的陣營中跑去，一邊跑一邊遠遠地向宋江喊道：「頭兒，這邊兒是享不完的榮華富貴，泡不夠的美眉，住不完的高樓大廈，看不夠的電燈電話，別的不說，咱梁山總共才有三個女人，鈔票也是小小的，就請原諒小弟弟我就不再奉陪到底了，那些個欠條兒我也不要了，你多多包涵吧，哥兒

們，拜拜了哪——」說著一騎絕塵，一溜煙就沒影兒了。

宋江氣得雙眼發黑，差點一腦袋磕到地下，等過了十幾分鐘，才慢慢恢復過來，喘著粗氣叫道：「公孫勝，你大爺——」

公孫勝遠遠地叫道：「頭兒，我年齡太大，改天給你介紹一個年輕的吧——」

宋江兩眼一黑，一頭就從馬上栽了下來，被眾人拿涼水潑醒之後，第一句話就是哭著說道：「那天的大便，讓公孫勝吃少了呀……嗚嗚嗚……」

等被大家扶上馬後，宋江恨恨地道：「誰去把那個叛徒給我抓回來！」

大家齊聲道：「一百五十兩銀子！要現金，少一毛都不去！」

宋江再也支持不住，一口鮮血從嘴裡狂噴而出，噴得到處都是，連噴了足足五分鐘之久，才慢慢平息，吳用給宋江拿手絹擦了嘴邊的血跡，爲難地說：「頭兒，要不，你自個兒去拿那叛徒吧……」

宋江一咬牙，從內褲裡掏出一疊鈔票來，向地下一撒，聲嘶力竭地叫道：「給我抓住公孫勝，踏平五龍山！」

## 八月十六　多雲

昨天宋江一聲令下，哦，不對，應該是一把錢撒下，梁山各英雄好漢人人爭先，個個奮進，不到三十分鐘就把五龍山的大小賊人殺了個乾乾淨淨，剩下的捉的捉，逮的逮，五龍山也被踏爲平地。看來這經濟社會的貨幣價値，確實不可小視。

下午的時候，李逵和花榮把公孫勝捉了回來，按倒在營帳裡，大家一看，公孫勝的嘴巴裡已經被塞滿了大便，看那顏色和粗細程度，估計又是魯智深的。

宋江黑著臉看著他，眼裡似乎快要噴出火來，公孫勝心知理虧，也不敢說話，只是拿點綴著眼屎的哀怨眼神望著宋江，似乎在說：「Baby，I'm sorry……」

宋江盯了他半天，終於開口說道：「公孫小賊！你知罪嗎？」

公孫勝：……

宋江：「公孫小賊！你知罪嗎？」

公孫勝：……

宋江：「問你最後一遍，你個王八蛋知罪嗎?!」

公孫勝：「知之爲知之，不知爲不知，若想知之就說不知，倘若不知非要說知之，

實乃不知者之羞，君子有所知，有所不知……」

宋江大怒道：「來人！把公孫勝拉下去，餵他吃大……」話沒說完，林沖彙報說道：「頭兒，已經餵他吃了三噸了，在坐的頭領們的大便都被他吃光了。」宋江想了想，叫道：「那就把他關起來，等咱們拉出來再餵給他吃！連吃三天大便後砍頭示眾！」

三天後，公孫勝做爲一個背叛革命的可恥叛徒，被梁山眾英雄就地正法了。

這件事情就這樣平息了，梁山大軍在征討方臘的道路上的第一個仗也打勝了，但唯一與這篇華彩樂章不和諧的音符是，李逵和花榮最後都說公孫勝是自己抓住的，最後兩人因爲分錢的問題還大打了一架，結果因爲出力太猛，花榮竟然把李逵給打死了，宋江在得到消息後匆忙下令，立即保護好戴宗，不能把他也夭折了，畢竟大家的行李還在他那裡。這個晴天霹靂叫梁山所有的人都感到大爲驚訝，連上公孫勝，在征討方臘的路上，梁山已經直接或間接的損失了兩個頭領，難道，這都是天意嗎？

大家開始懷念在梁山上那些陽光燦爛的日子了……

難道，這是一條不歸路？還是梁山的無間道？

誰都不知道……

晚上，武松偷偷塞給我一包爆米花，放在嘴裡之後，感覺有些甜有些膩，是那年，我們在梁山電影院時相擁而坐吃過的，紅的藍的綠的黃的，有一點天真過了頭的感覺。

還記得，出來的時候下了雨，兩個人一把傘，彷彿那一小塊晴空是世界的安全也是心底的安全。

一路走來，磕磕碰碰，卻也多了些寬容和體諒，爆米花樣的日子或許都是我們心中努力的方向。

## 八月三十　晴天，有小風

從梁山出來，已經有一陣子了。這些天來因爲水土不服，路上又折損了十三個兄弟，他們有的是因爲吃了路邊的野草，有的是採了有毒的蘑菇，還有的，是因爲爬上路邊的小木屋偷看女人洗澡，失足掉了下來……形形色色，不一而同，這幾天來宋江和大家的情緒都非常不好，不知道到底該繼續走下去，還是返回梁山，過以前的那種令人懷念的平淡如水的美好生活，商量了無數次，開了N次會之後，大家想到如果現在回去，

高俅也不給大家報銷路費，所以還是決定繼續走下去。

當晚上的流星劃過子夜，不禁叫我想到那句林沖哥哥發表在《梁山日報》上的著名的小詩：「人之死，有的重於泰山，有的輕於鴻毛，有的屁都不是。」在這個懷念往昔，傷感心碎的時刻，又不禁叫我想到，這些人的死，是重於泰山呢，還是輕於鴻毛？可能連我們自己，都無法給我們自己一個正確而客觀的答案。

思考，真是一件痛苦的事情……

## 九月初十　陰天，有小風

今天我們要攻打的是一個叫做汾陽的地方，據說這裡盛產美酒——著名的汾酒故鄉啊，真是人說山西好風光啊，百聞不如一見，不過因爲這裡的一個叫鄔梨的女子在堅持駐守不肯投降，所以我們便不得不放棄瀏覽山西美好風光的大好機會，鳴號擊鼓，升帳開會。

宋江嚼著一粒口香糖說道：「今天呢，我們要把那個叫鄔梨的姑娘抓了回來，還是

那句老話，白天伺候夫人，晚上伺候我，大家有沒有意見？」

林沖說道：「恐怕不妥吧……」

宋江大怒，說道：「什麼不妥！出發！」

林沖勸道：「一看你就是個豬腦子，你先聽我說完嘛，你不聽我說完怎麼知道我想說些什麼呢，什麼都沒聽你怎麼知道我說的是不是你想聽的呢，你什麼也沒聽就武斷地說我沒說清楚，到底是你沒聽清楚還是我沒說清楚呢……」說到一半時就被眾人惱怒地拿西紅柿和皮鞋砸倒，林沖趕緊打住，繼續說道：「聽說，那個叫鄔梨的女子會使飛蝗石，百步之內，砸人無數呀。」

宋江傻忽忽地問道：「啥叫飛蝗石呀？」

林沖沒好氣地回答道：「就是能飛起來打人腦袋的小石頭，和你們家掛在牆上的那種玩具飛鏢差不多，不過她的手法可是很準噢。」

宋江問道：「你剛才說幾步之內，砸人無數？」

林沖耐心地解釋：「百步之內。」

宋江疑惑地嘀咕道：「那咱們站到百步之外不就行了嗎？」

兩人正說著，忽然聽到台子底下坐在角落裡的王英小聲嘀咕道：「傻子，你以為你

有手槍啊？站到百步之外怎麼打呀?!」

宋江一聽這話頓時來了精神，激動地向台下眾人問道：「誰說的？這話是誰說的？」大家紛紛用手指頭指著王英，異口同聲地說道：「他說的，他說的！」王英後悔不已地無奈站起來，雙手一攤，帶著哭腔地說道：「就當我沒說，好嗎……？」

宋江激動萬分地說：「難得王英兄弟這樣英勇啊，我梁山就是缺少你這樣的激情男兒啊！你怎麼會想到在這樣危急的時刻挺身而出呢？」

王英說道：「頭兒，你們理解錯了，我就是大嘴巴，其實我壓根兒就不想去……」話還沒說完就被宋江打斷道：「我知道，王英兄弟是個一言九鼎的好漢子，雖然以前我認爲你是個大色狼，除了搶女人再沒別的本事了，可今天我才發現我大錯特錯了，我心目的王英兄弟其實是一位大大的英雄，我發現我是一個小人心理的人哪，我怎麼會那樣認爲呢，我真是該死啊，嗚嗚……」宋江愈說愈激動，說著說著竟然哭了起來，順手還往王英胸脯上湊：「我對不起你啊，王英兄弟，你才是真的漢子、真的英雄啊……」

王英實在受不了宋江抹在自己身上的鼻涕，無奈地說：「頭兒，你別哭了，我答應你就是，你說，讓我做什麼吧？」

宋江瞬間以零點零零零一秒的速度停止哭泣，正色安排道：「傳我的號令，即刻開

始攻打汾陽城，目標：活捉鄔梨，行動小組先鋒官：王英，行動小組組長：王英，行動小組成員：王英，後備隊員：王英……即刻執行！」

說完，宋江見王英的嘴巴大張成「○」形，趕緊安慰道：「你放心，我可以負責任地對你說，我會像保護我老婆一樣地保護好扈三娘的，你就安心地去吧……」

下午一點，王英來到陣前叫板，手裡拿著一個帶電池的喊話小電喇叭，大聲地喊道：「自我介紹一下，我叫王英，王英的王，王英的英，是梁山黑社會的好漢，強盜裡的英雄，矮子裡的高個子，高個子裡的矮子，電影圈的偶像，票房業的保證，我來這裡是因爲你們的大老闆方臘和二老闆田虎把梁山給得罪了，你們已經被我們包圍了，識相的趕緊出來投降，而且你們所說的每一句話都可以成爲將來的呈堂證供，我們只給你們短短十五天的時間進行考慮，否則統統格殺勿論，我們上有狙擊手，下有飛虎隊，中間有我如此的英雄，不要做無謂的抵抗，投降才是最好的出路，我們的政策你們也不是不知道，坦白從寬，抗拒從嚴，投降給錢，反抗打臉……」

王英剛剛說了一半，還沒完全說完，鄔梨就從城牆上探出腦袋來問道：「誰在喊話哪！哪兒呢？」

王英掂起腳尖，揮著雙手大聲喊道：「人在哪，人在哪！」

鄒梨手搭涼棚，叫道：「哪兒呢？我怎麼看不見呢？」

王英著急地脫下褲子來向城牆上使勁地揮舞，大聲喊道：「人在這兒呢，在這兒呢！」

鄒梨張望了半天，終於拿望遠鏡看見了小個子王英：「你怎麼那麼小啊，我都看不清楚！」

王英喊道：「看不清楚沒關係，我已經習慣了，你只要聽清楚就ＯＫ了，我說親愛的，趕緊投降吧，我們這裡別的沒有，就是不缺男人，帥的更是不少，聽說你還沒有結婚，趕緊來挑一個吧！再遲的話，我們這裡的哥兒們就愈來愈少了，隨著征討路的一天天漸漸漫長，人估計也會愈來愈少的，要的話抓緊點兒時間啊，機不可失，時不再來啊，不信的話你下來瞧一瞧看一看了啊，不帥不要錢了啊……」

鄒梨聽得有點動心，喊道：「有什麼好處沒有？」

王英喊道：「有啊！錢也有很多啊，不過都是白條兒啊，你考慮一下吧，儘量快點兒好不好啊，我今天忘穿保暖內衣了，天氣很冷啊……」

鄒梨想了想，向下喊道：「我要投降的話，能給多少錢安家費啊？」

王英大喊道：「五百兩銀子是沒有問題的啦！」話剛說完，就被宋江一顆小石頭砸

了過去，正中額頭，只聽得宋江大喊：「太多啦！最多只能給二百兩啊，咱們也不富裕呀……」

鄔梨大怒，喊道：「大爺的，你們這是明擺著消遣本小姐呀？看飛蝗石！」說完一粒飛蝗石頭飛了下來，正中王英的後腦勺，王英前面被宋江砸了一石，後面又被鄔梨砸了一石，頓時血流成小河，大怒道：「你們兩頭兒都打我，老子不幹啦！」說完調頭就準備要走，不料宋江把扈三娘拉了出來，大叫道：「王英，你敢跑？我告訴你，別說我沒警告過你啊，你要是再不投降，我就把你的扈三娘做了我的押寨夫人了啊——」

王英大怒，罵道：「宋黑臉兒！別說老子現在還是梁山人，就算不幹了，你要膽敢動三娘一根兒腿毛，我抽死你！」宋江也大怒，叫道：「小矬子，你剛才叫我什麼?!」

王英大喊道：「我叫你宋黑臉兒！」

宋江也罵道：「小矬子！」

「宋黑臉兒！」

「小矬子！」

「宋黑臉兒！」

「小矬子！」

「宋黑臉兒！」

「都給我住嘴！」鄔梨氣憤的叫道：「你們到底是來打仗的，還是來吵架的?!」

王英和宋江都一起大怒，罵道：「關你鳥事！」

鄔梨氣憤不已，伸手一取石頭，朝兩人的腦袋上就每人一顆，打得兩人鮮血橫流，梁山眾人再也忍耐不住，一起發聲喊，向城裡衝了過去，三下五除二，就把汾陽城給打了下來，鄔梨也被生擒活捉，梁山人馬大獲全勝。宋江和王英還在那裡對罵，後來竟然發展到動手互相毆打，互相還都專門兒打對方的臉，誰勸都勸不下來，大家乾脆便起身離去，最後一直到大家都吃過晚飯，喝完茶水，兩人才滿臉是血的拉著手一起笑嘻嘻地回來。

最後，把鄔梨安頓好，許配給另一個叫張青的好漢之後，把城裡的金銀財寶和古董字畫都分了，一點名，竟然發現在這場曠日持久的慘烈大戰中，梁山又一共損失了十五名兄弟，叫大家頗爲傷心難過，「神機軍師」朱武特地做了一首詩來紀念他們：

如果說你要離開我，
請誠實點來告訴我，

不要讓我孤孤單單地走，
讓我像白癡一樣等半年，
如果說你要離開我，
把我的相片還給我，
我要把它還給我媽媽，
那是我最親愛的老人家，
什麼天長地久，
只是隨便說說，
你愛我哪一點，
心像寒冷冬夜……

## 九月十五　萬里無雲

今天，我們來到了一個叫南泥灣的地方，不知道是不是帶路的戴宗把方向搞錯了，

這裡別說強盜，就連一根強盜毛都看不見，一行人在浩瀚無邊的荒沙地上浩浩蕩蕩走了大半個時辰，才發現一個種地的老農民，宋江疑惑有詐，便轉頭吩咐左右：「賤人何在？速速過去打聽一下路。」

周圍的時遷和戴宗，以及阮小五都往裡跑，宋江大怒道：「我叫楊志過去打聽，你們三個急啥子急？這又沒有差旅費！」

三個人嘟囔道：「你叫『賤人』，我們還以爲叫自己呢……」

楊志一臉不屑地邊往裡走邊說：「唉，金子跟我搶，銀子跟我搶，女人跟我搶，現在，連他媽外號也有人跟我搶……」

不一會兒，他匆匆跑回來向宋江報告說道：「頭兒，他說叫咱們往西邊兒走，說咱們走錯了。」宋江問道：「他怎麼知道咱們去哪兒？憑什麼說咱們走錯了？那孫子是誰啊？」

楊志說道：「他說他叫羅貫中，是負責寫咱們《水滸傳》的後半部分的，所以非常清楚，還說前面屁都沒有，光有些麥子的田地。」

宋江疑惑地：「羅貫中？麥田？好像很耳熟啊……嘿，我想起來了，他莫非就是傳說中的『麥田裡的守望者』？走，過去看看。」

一行人於是跑到羅貫中面前，宋江打馬向前，走過去問道：「老頭兒！你就是羅貫中那老匹夫？」

羅貫中白了他一眼，嘟囔道：「唉，連禮貌都不懂，梁山有你這樣的頭兒也不就得完蛋嗎？」

宋江大怒，正準備發作，被衆人拉住，勸道：「師傅，此處人煙稀少，人跡罕至，四面環山，周身流水，烏雲密布，陰氣森森，恐怕會有妖精出沒，咱們師徒還是速速離去爲妙，別叫妖精搶了去，又要吃人肉叉燒包……」

宋江大怒，罵道：「老子縱橫江湖數十載，什麼場面沒見過?!別說是幾個妖精，就是金角大王和銀角大王，再加上個白骨精前來，老夫有愛徒悟空保駕護航，又怕它何來?!」

羅貫中在一旁慢慢地說道：「拜託，那是《西遊記》裡的對白，你們是《水滸》啊，請整點兒符合自己身分的詞兒出來，ＯＫ？」

宋江不好意思地笑笑，遞上一根煙，說道：「本來想在羅老師面前顯擺顯擺台詞和對白，沒想到被您識破了，不好意思啊……」

羅貫中對著夕陽長歎一聲，緩緩地說道：「人非聖賢，孰能無過呀？」

宋江左右看看，問道：「您怎麼在這兒待著呀？」

羅貫中聽到這裡，跳起來拿旱煙杆子往宋江頭上狠狠地一敲，罵道：「老子還不是爲了等你們這幫豬頭！連路都找不著，我要不在這裡等著，你們還不得走到秦始皇的兵馬俑裡頭去呀？」

宋江一聽大喜道：「早就聽說秦始皇的兵馬俑和北京的萬里長城是中國的兩大古代建築，我早就想看看了，在哪兒呀，在哪兒呀？」

羅貫中又跳起來拿旱煙杆子砸了一下他的腦袋，罵道：「豬頭！你是去取經的，還是來旅遊的?!」

宋江不好意思地說道：「我是去西天拜佛求經的……嗯?!哦，對不起，我是去征討方臘的呀！」

羅貫中也不好意思地臉紅地說：「抱歉，我的台詞也串了……」

一旁的武松嘟囔道：「你以爲你是觀音菩薩啊！」

既然互相相認，大家便下馬坐到羅貫中的旁邊，一夥兒人聊了半天，不但好好的敘了敘舊，而且羅貫中還免費地透露給了我們以後的幾件事情，包括魯智深最後還是沒能當上大官等等，叫大家非常興奮，這種能預示未來，偷窺以後的技術實在也叫我們大開眼界。

梁山眾人告別了「麥田裡的守望者」羅貫中，一行人拿著他送的指南針，整齊地高聲唱著民歌《南泥灣》，又踏上了西去南行的步伐。

晚霞中，梁山的隊伍愈走愈遠，在地上只留下一絲不被察覺的腳印影痕，淡淡地隨風消逝。

## 九月二十　小雨

中午時分，武松的背影出現我的面前，我知道，他又要去給大家打獵了。我輕聲地喚了喚他，可他並沒有答應。難道，是因爲這麼多年來，我們之間，已經有了瑕疵了嗎？愛情的瑕疵，到底有多麼的傷痛？

但是，如果真有那麼大的傷痛，那麼複雜的治療過程，那麼漫長的恢復階段，爲什麼還能說得出那句「我依然愛你」？

# 幽州城的口水大戰

林沖目瞪口呆地看著這一切，臉上的肌肉抽動著說道：「難道，各位英雄就是傳說中的歌壇之神『四大天王』?!」

番將們得意地笑笑，林沖趕緊從褲兜子裡掏出一支巨粗的毛筆，顫抖著聲音興奮無比地叫道：「偶像啊——趕緊每個人給我簽個名兒！」四個人也不拒絕，拿過來就簽上了自己的名字，林沖一邊嘟囔「我要四個簽名，我要四個簽名賣錢，我愛《忘情水》，我愛《吻別》，我愛《甜蜜蜜》，我愛《動起來》……」一邊把簽名兒拿過來一看，頓時暈了過去，魯智深和石秀把他拚命搶回來時，宋江拿過那張簽名紙來一看，只見上面用毛筆歪歪扭扭地簽著兩個大字：「F4」。

## 水滸傳原文賞析

卻說方臘從幫源洞山頂落路而走，便望深山曠野，透嶺穿林，脫了赭黃袍，丟去金花幞頭，脫下朝靴，穿上草履麻鞋，爬山奔走，要逃性命。連夜退過五座山頭，走到一處山凹邊，見一個草菴，嵌在山凹裡。方臘肚中饑餓，卻待正要去茅菴內尋討些飯吃，只見松樹背後轉出一個胖大和尚來，一禪杖打翻，便取條繩索綁了。

那和尚不是別人，是「花和尚」魯智深。拿了方臘，帶到草菴中，取了些飯吃，正解出山來，卻好迎著搜山的軍健，一同綁住捉來見宋先鋒。宋江見拿得方臘大喜，便問道：「吾師，你卻如何正等得這賊首著？」魯智深道：「洒家自從在烏龍嶺上萬松林裡廝殺，追趕夏侯成入深山裡去，被洒家殺了貪戰賊兵，直趕入亂山深處。迷蹤失徑，迤邐隨路尋去，正到曠野琳瑯山內，忽遇一個老僧，引領洒家到此處茅菴中，囑咐道：『柴米菜蔬都有，只在此間等候；但見個長大漢從松林深處來，你便捉住。』……」

## 九月二十七　大風

前些天因爲時遷打探消息出了問題，所以白白浪費了幾天時間，直到今天才來到幽州城外。時間倒無所謂，只是這白白多出來的幾天伙食費和差旅費沒有地方給報銷，實在叫人鬱悶。

不過看在時遷這幾天日日給大家端屎倒尿的份兒上，眾人也沒好意思再爲難他，也只是男的每天打他十數個耳光，女的輪流揪他的頭髮和腋毛織毛衣，閒得無聊時用彈弓子和地上撿的小石塊兒打他幾下頭而已，頂多再給他背上幾噸重的東西和行李，還算心軟，看來自從梁山的兄弟們出來一起同甘苦共患難之後，大家才懂得什麼叫做兄弟間的真正情誼。

快中午的時候，宋江吩咐我們先安營紮寨，在離幽州城外五十米的地方紮堆兒，生火造飯，沒想到阮小七聽錯了，把「造飯」聽成了「造反」，還沒等宋江說完就大呼小叫地衝到了幽州城下，咧開大嘴巴高聲向上面喊道：「方臘的豬狗們，出來投降啦，田

虎的孫子們，出來挨打啦——」

宋江一下沒來得及攔住，見阮小七如此莽撞，也沒辦法阻止，只好就坡下驢，吩咐道：「沒轍，事情到了這個地步，只好先進攻了，午飯的話再等等吧，ＯＫ？」眾人都摸著自己餓得咕咕叫的肚子一起反抗，叫道：「早上才每人吃了三十個大包子，十公斤牛肉，這怎麼打呀，不行不行！」魯智深和阮小二更是一屁股坐到地上，雙手使勁地擦著眼淚，號啕大哭起來，更遠的柴進更是躺到地上打滾兒，邊滾邊哭著喊：「去你媽的，去你媽的！」

宋江眼見如此，長長地歎了口氣，低頭考慮了半天，忽然抬頭，果斷地說道：「那這樣吧，咱們先找個地方吃飯，叫阮小七一個人去攻城吧！」眾人大聲答應，眉開眼笑地走了。

三個小時之後，大家摸著滾圓的肚子回來，看見阮小七孤零零地躺在地上，被敵人打得奄奄一息，嘴角淌著白沫子，兩隻手無助地在空中亂抓，顯然是被打得不輕。「神醫」安道全打著飽嗝過去摸摸索索了半天，最後起來下了最終診斷：阮小七被打成精神分裂症了，估計一時半會兒也好不了。

阮小二和阮小五大驚，跑過去朝弟弟的臉上使勁打去，一下比一下下手狠，一邊打

一邊說：「醒醒，醒醒，別裝了，小七，你給老子醒醒——」安道全搖晃著腦袋說道：「看來是這西域的水土厲害得很哪，連精神分裂都會傳染呀，小二和小五也都有病了……」

安道全的話剛說完，只見阮家三兄弟頓時一躍而起，連剛剛還在掙扎的阮小七也刷地一下跳了起來，過來劈哩啪啦揪住安道全就是一頓好打，邊打邊罵：「敢說咱們兄弟有病?我就打你個老中醫!你才有病哪!」

眾人眼見事情不好，趕緊過去拉開，好不容易才把四個人分開，安道全的牙齒也被打落無數，哭著說：「宋頭領，你得給小人做主呀……」

宋江厭惡地看著他滿臉的血和鼻涕，把他一腳踢開，吩咐左右：「三十兩銀子，誰去叫陣?!」

「混江龍」李俊昨天通宵賭博剛剛輸了銀子，也不管多少了，趕緊跌跌撞撞地跑了出去，黑著兩個眼圈兒，揮舞著雙手邊跑邊喊：「我去叫，我去叫!誰都不許跟我搶!」

到了城門底下，李俊大喊道：「老子是梁山好漢，『猛龍不過江』的混江龍，李俊哥哥!俊俏的李家兄弟說的就是我!奶奶個雄!剛剛是誰把我生死之交、榮辱與共、一

輩子就一個的鐵杆子好兄弟阮小七打傷的？給老子滾出來！」

話剛說完，只見四個鐵塔般的大漢一起從城門裡走出，一下子就把李俊團團圍住，惡狠狠地說道：「是我們四個，你想怎麼樣？」

李俊的表情頓時變得嫵媚妖豔，眨巴著小眼睛說道：「我道是誰呀，原來是四位好漢啊，看閣下幾位的肌肉群我就知道，你們是我心中一直傾慕已久的偶像啊，我一見到幾位哥哥，心裡的崇拜之情就猶如滔滔江水，連綿不絕……」話還沒說完就把四個大漢噁心地直嘔吐，半天才緩過神來，拉著李俊就是一通暴打，邊打邊說：「見過噁心的，沒見過像你這麼噁心的！」

當李俊被孔亮和孔明用擔架抬回來的時候，聽見阮小七在底下嘀咕：「這下你知道我剛剛爲什麼會被打成這樣的吧……」

宋江心中頓時一凜，趕緊命令道：「傳我的號令，任何人不得以噁心戰術來騷擾對方，否則或死或傷，梁山概不負責殘疾後的保障！」

接下來，是林沖出去挑戰，只見林沖臉上三寸鬚，胯下白龍馬，手中紅纓槍，身披鐵盔甲，要風度有風度，要氣質有氣質，端得是條好漢，眾人不禁大聲地喝了一聲彩：「正點啊——」

那四條大漢也不禁點點頭，說道：「這次總算來了一個沒被毀過容的……」林沖聽了，差點兒從馬上驚得掉下來，但還是慢慢恢復平靜，開門見山地說道：「幾位，你們一看我就知道我是一個直腸子，有啥說啥的英雄，不說別的，就單看我這一身的打扮，也明白我是一個重要人物，也就是說，我說話還是算數的，雖然不能全算，但算一半還是沒問題的。各位聽我一聲勸，投靠梁山吧，別跟著田虎和方臘混了，ＯＫ?」

四個人莫名其妙地互相看了看，說道：「什麼方臘田虎？幹什麼的，歌星還是電影演員呀?你唬誰呀?」

林沖一愣，問道：「那你們是……」

四個人說道：「我們是大遼國幽州城四員番將——我，」為首的一人擺個POSE，說道：「我是番將甲，」第二個往地下一蹲，來一招回頭望月式：「我是番將乙，」第三個往空中一跳，快落下來的時候突然收腳，結結實實地摔了一跤，嘴角淌著血沫子，顫抖著聲音說道：「我這是想讓你看看我們的身體素質，哥兒們是鐵布衫，名字很簡單，番將丙，」第四個更是把自己的腦袋往城牆上一碰，晃著滿頭五光十色亂飛的星星，說道：「鐵頭功，番將丁！」

林沖目瞪口呆地看著這一切，臉上的肌肉抽動著說道：「難道，各位英雄就是傳說

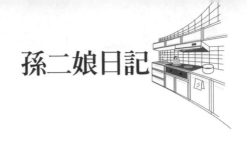

# 幽州城的口水大戰

中的歌壇之神『四大天王』?!」

番將們得意地笑笑，林沖趕緊從褲兜子裡掏出一支巨粗的毛筆，顫抖著聲音興奮無比地叫道：「偶像啊——趕緊每個人給我簽個名兒！」四個人也不拒絕，拿過來就簽上了自己的名字，林沖一邊嘟囔「我要四個簽名，我要四個簽名賣錢，我愛《忘情水》，我愛《吻別》，我愛《甜蜜蜜》，我愛《動起來》……」一邊把簽名兒拿過來一看，頓時暈了過去，魯智深和石秀把他拚命搶回來時，宋江拿過那張簽名紙來一看，只見上面用毛筆歪歪扭扭地簽著兩個大字：「F4」。

宋江眼見久攻不下，心中惱怒，大喊：「呼延灼！」

呼延灼在底下叫道：「不在！」還沒說完就被大家推了出來，嚇得兩腿發軟，問道：「頭兒，不是想讓我上吧？」

宋江點點頭：「聰明。」

呼延灼艱難地咽了口吐沫，哆嗦著上了馬，忽然把雙眼一閉，頭也不抬，嘴裡大聲喊叫道「小日本兒，我跟你們拚了！」就直衝了過去，不料還不到對方面前就從馬上摔了下來，呼延灼也不站起，爬著過去把四個人的腿一抱，就拚命地咬了起來，一邊咬對方的腳趾頭一邊咬牙切齒地喊：「我咬著一個夠本兒，咬兩個賺一個，咬三個賺一雙

……」

眾人見勢不妙，趕緊一窩蜂地衝了上去，把呼延灼給救了下來，奇怪的是那四個大漢並沒有毆打呼延灼，對我們的救人也沒有表現出任何的反抗和阻撓，只是八隻眼睛呆滯地望著被呼延灼咬得亂七八糟的腳趾甲，眼眶裡含著熱淚，後來竟然在宋江面前「撲通」地一下跪倒在地，撲在宋江的皮鞋上，號啕大哭著說：「拜託了，下次請派些別這樣噁心的人來，行嗎？我們求求你了，我們實在是受不了啦，救命啊……」

宋江笑嘻嘻地問道：「那你們願意投降嗎？」

四個人放聲大哭：「我願意，我們願意，只要你們和我們真槍實彈的打，只求你們不要再派這些吐口水和咬腳趾的人來，叫我們死也願意啊，嗚嗚嗚……」

宋江得意地說道：「親愛的『FUCK-4』組合！快快請起，你們能歸順梁山，實在是棄暗投明的典範，我本人對此，致以自己最真誠的祝賀和歡迎，將來你們就是梁山的一份子了，我現在賜你們每人一個名字，就像我家的狗一樣，都得有新主人家的名字，你們說，好不好呀？」

四個人看著呼延灼的大嘴心有餘悸地磕頭如搗蒜，一起說道：「ＯＫ，ＯＫＯＫ，ＯＫＯＫＯＫ！」

# 幽州城的口水大戰

宋江笑瞇瞇地說道：「這樣吧，既然你們號稱是『四大天王』，我就給你們起幾個和天王有關的名字吧，如此，你們從今天開始，就可以叫自己爲『魔禮紅』、『魔禮儀』、『魔禮節』和『魔禮貌』了！」

四個人歡歡喜喜地謝了宋江，大開城門，迎接梁山大軍進城。宋江收降了四名番將，心裡非常高興，咬著棒棒糖一邊往裡走一邊問道：「我說魔家四兄弟呀，你們這大遼國裡，想來美女一定不少吧？回頭一定要給我聯繫一點噢，至於數量嗎，自然是多多益善嘍，想不到我宋江一生漂泊，最後也還落得一個『泡妞王』的真實稱號，也算不枉此生啊……」

梁山眾人一邊跟著宋江和魔家四兄弟往裡走，一邊高聲整齊地唱著：「歡迎，歡迎，熱烈歡迎，歡迎，歡迎，熱烈歡迎，歡迎新同學，加入我們的大集體，從今往後，背黑鍋我來，送死你去，ONLY YOU……」

書中暗表，此處後人有詩爲證：

梁山三軍戰大遼，
變態將軍將敵毆，

# 孫二娘日記

屋漏偏逢及時雨，
宋江狠泡西域妞……

## 九月二十九　晴天間多雲

收復了大遼國的幾名番將和一座城池，大家都非常高興，但是考慮到時間緊，任務急，我們還是沒有好好地享受，就立即起程，奔赴新的戰場，所謂有那麼一句名言叫做「大丈夫志在四方，只是無奈之舉噢」，可能說的就是我們此時此刻的心情，唉，誰叫我們是黑社會呢……

其實黑社會就黑社會，這本來也沒什麼，只是黑社會還想從良，跟著傻豬宋江盼當官，這就得費大勁了，誰不知道人在江湖漂，怎能不挨刀啊，既然出來，有刀子有寶劍就得扛著，不像躲在梁山上，充其量犯個小失誤小錯誤也無非只是掏幾天大糞，唉，人在江湖，身不由己，畢竟和俺想當初在十字坡的時候當個小老百姓不一樣啊。

早上十點，我們洗完桑拿，做完足療，吃完早飯，泡完馬子，吊完凱子，便準時地

## 幽州城的口水大戰

起程了。臨走的時候一個高鼻大眼、虎背熊腰的西域姑娘拉著宋黑臉兒的手依依不捨，雙目含淚，哀怨地叫道：「三郎……」

宋江仰天長嘯，虎目中淚光閃爍，心中雖然不忍，但依然心硬如水：「妹妹，從此咱兩天各一方，也不知道什麼時候才能再見面，所以，我們只好就此別過了，昨天晚上的春秋一夢，我定會永遠地記在心中，宋三郎若將來真有飛黃騰達之日，一定回來把妹妹接到京城之中，到那個時候，吃香的喝辣的，享不完的榮華富貴，穿不盡的綾羅綢緞，看不夠的俊男美女，玩兒不完的網路遊戲，真是叫人嚮往無窮啊……」宋江一邊說，大家都一起跟著流哈喇子，那位姑娘已經是感動得珠淚滴答，傷心切切，她一邊擦著嘴角的口水，一邊哀怨地看著宋江說：「官人，我等著你回來。」

宋江使勁地點點頭，說道：「放心吧，只要草原上還有奔馳的駿馬，我的心中就永遠地牽掛著你，永遠永遠！」那姑娘一邊看著寸草不生的西域荒涼沙漠，一邊點著頭道：「儘管這裡已經有十年沒有見過馬是什麼樣子了，但是我依然會等著你回來！」

宋江點點頭：「我知道你是一個通情達理，絕不會拖男人後腿兒的姑娘，你在我的心目中，就像是一隻不能奔跑但還可以叫喚的毛驢，你吃的是草，擠出來的是奶，不像我們梁山的這些飯桶，他們吃的是奶，拉出來的是糞……」

姑娘哭著點頭：「謝謝你，三郎，有你這樣的評價，我死也無憾了。」

宋江一揮手，說道：「後會有期！BYE——BYE！」話音剛落，宋江便縱馬揚鞭，一聲口哨而去，在他背影的方向，西邊的晚霞愈來愈美，猶如情人臉上那珍貴的眼淚……

我們已經走了很遠了，遠遠的地方還傳來那個姑娘優美而傷感的歌聲：

牽掛你的人是我，
想念你的人是我，
想著你的人，
愛著你的人，
是我是我，
還是我，
也許前生欠你情太多，
也許今生已不再寂寞，
哦也許今後沒有你，

# 幽州城的口水大戰

我也不會覺得，
更加苦澀……

下午的時候，我們來到一個偏僻的地方，在一座大山的背後，竟然發現了一個非常古老的村落，通過解珍和解寶兄弟的實地勘察，回來向宋江報告說：「頭兒，我們經過全方位三百六十一度的勘察打探，發現這裡的人都是民風淳樸，老實善良，呆滯木訥，對所有的人和所有的話都深信不疑，有一是一，有二是二，不會撒謊，不會騙人，而且牛羊滿圈，家家和和美美，幸福安康，風調雨順，五穀豐登，天倫之樂，不亦樂乎……」

宋江連連搖頭，說道：「太囉嗦了，簡直是太囉嗦了，」回頭向吳用說道：「這幾天老子上火，沒來得及吃藥，耳朵有點聾，聽不得這麼囉嗦的話，你給我用六個字把解珍和解寶兄弟倆的話歸納起來，否則，大板子揍屁股的幹活！」

吳用點點頭，痛快簡便地歸納道：「人傻，錢多，速來。」

宋江得意地點頭稱讚道：「羊群裡面拔駱駝，還是你厲害！」說完一招手，說道：「立即行動！目標：前面的小山村；政策：三光，殺光，搶光，燒光；原則：寧可錯殺

一個，不可放走一千！」

吳用在一旁糾正道：「頭兒，說錯了，應該是『寧可錯殺一千，不可放過一個』！」

宋江頓時大怒，一個巴掌甩過去，『啪』地一聲，罵道：「剛剛表揚了你幾句，就敢來提醒我！」

吳用摸著發燙的臉頰，哭著說道：「我錯了，親愛的，你生氣了嗎？難道你又生氣了嗎？你怎麼又生氣了，親愛的……」話沒說完就被眾人一頓暴打，當吳用滿身泥土地爬了起來，已經發現大家都在三里之外了，他一邊哭一邊嘟囔道：「娘的，知道你們想女人，也用不著這樣著急吧……」

三個時辰後，梁山人馬已控制了大部分的村民，宋江鼻子正中底下留著一撮小黑鬍子，手裡拿著一柄指甲刀，大剌剌地坐在操場上，說道：「左右，來人哪！」

左右的魯智深和武松立刻出陣，說道：「怎麼樣？」

宋江眼皮子微微抬起，說道：「請兩位頭領報告一下戰利品統計。」

武松點點頭，拿著一張大紙條，念道：「經過三個時辰的剿滅土匪，我們一共獲得戰利品如下：牛皮十五張，山羊二十隻，火石六塊，公雞三隻，母雞六對，雞蛋一百

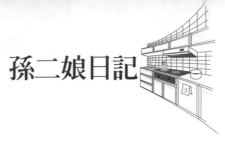

零八顆，毯子五張，旱煙六十公斤，大米沒有，高粱一株，玉米五十畝，西紅柿八筐……」

話還沒說完，就被宋江驚訝地打斷：「什麼?!怎麼淨是些農用產品和土特產品?難道這裡就連一個電冰箱和半個麥當勞都沒有嗎?」

魯智深一攤手，說道：「頭兒，你有所不知啊，這裡的人就跟世外桃源一樣，根本不和外界的人交往，一千多年來他們都是遵循著『日出而作，日落而息』的土地政策原則，從來沒有見過生人，也從來沒有去其他的地方轉悠過，他們世世代代都與世隔絕啊……」

宋江大感興趣，說道：「這麼說，這裡就是一個完全自給自足的地方?意思就是說，沒有任何人來過這裡，這裡的人也沒有出去過?」

武松和魯智深都點點頭，說道：「正是。」

宋江興奮地連鼻涕泡都流出來了，大叫道：「哇塞!真是太叫人驚喜了!」

吳用在一邊忍不住多嘴地問道：「頭兒，爲何驚喜，喜從何來啊?」

宋江白了他一眼，忍了忍還是甩了他一巴掌，把手抽回來後才慢慢說道：「說你豬，你就豬，不豬也豬，說不豬，就不豬，豬也不豬，不豬不行……這樣高深的對聯想

必你也聽不懂，還是跟你說大白話的好，想知道我爲什麼這麼驚喜嗎？」

吳用哭喪著臉點頭。

宋江嘻嘻一笑：「打死我都不說。」

不過他回頭跟武松說的時候還是叫我聽見了：「我爲啥驚喜他都不知道啊，真是豬頭，這裡的人連外面的人一個都沒見過，豈不是很好騙啊？這麼多的姑娘，又夠我騙一陣子嘍……」

不過話雖然這樣說，但爲了探聽虛實，以免中計，宋江還是以穩妥起見，吩咐武松把當地最老的一個老頭給叫了過來，問訊一下基本情況。

不久，一個老頭兒被帶了上來。

宋江這時已經換上了一身制服，嚴肅地問道：「姓名？」

老頭兒說：「陶淵明。」

宋江：「這是筆名嗎？」

陶淵明點頭：「老大，我只有這麼一個名字。」

宋江點點頭，繼續問：「你們這裡叫什麼地方？」

陶淵明說道：「神農架。」

宋江繼續問道：「神農架？詐唬誰呀？——你們是哪個民族的？」

陶淵明回答道：「我們是印第安人。」

宋江繼續問：「你別告訴我說，你們這裡是食人族啊——」

陶淵明點點頭，誠實地說道：「是的。」

宋江問道：「那就是說，你們在餓了的時候會吃人？」

陶淵明點頭：「沒錯兒。」

宋江又問：「活人也吃？」

陶淵明：「Yes。」

宋江眼睛轉了一圈，問道：「那你今天吃早飯了沒有？」

陶淵明搖頭，說道：「剛起床就被弄到這裡來，別說吃飯，我牙還沒刷呢。」

宋江立刻起身，瀟灑地朝「神機軍師」朱武打了個響亮的口哨，吩咐道：「你來問。」

朱武硬著頭皮上去問道：「請問這位食人的先生，你們，你們，你們……」

宋江問道：「怎麼啦？」

朱武滿頭大汗地說道：「不知道，不知道，我不知道該問些啥……」

宋江失望地歎了口氣，說道：「知道你也沒有一個有意義的問題，這樣吧，你就問問他們與世隔絕中的喜怒哀樂得了。」

朱武擦擦汗，說道：「請問陶淵明先生，這麼多年來，您最開心的一件事情是什麼？」

「有一年冬天，隔壁趙老三家的老母豬給丟了。」陶淵明不急不徐地說道。

朱武一愣，好奇地問道：「老母豬丟了，有什麼值得這麼開心的啊？」

陶淵明點著一袋旱煙，回味無窮地說：「老母豬丟了之後，我們十幾個人打著火把滿山遍野的找，找了好幾天，終於在後山的一個山洞裡找到了。」

朱武更加好奇地問：「找到後怎麼了？」

「找到的時候天已經非常晚了，風沙也大，我們都不能回家，只好等待第二天再走，於是我們在山洞裡點了把火……」陶淵明正說著，被魯智深打斷道：「是不是你們殺了豬吃肉啊？」

宋江一把將自己剛脫下來的襪子塞到他的嘴裡，等待著陶淵明繼續，陶淵明繼續道：「不是，我們點了火烤火，但是後來我們就感到很無聊，於是大家就輪流地上那隻老母豬，好爽啊！」

朱武覺得有點兒不可理喻，便繼續問到：「那麼，在您的一生之後，還有沒有比這件事情更快樂更開心的呢？」

「有」，陶淵明點點頭，更加回味無窮地說：「有一年冬天，隔壁趙老三家的新媳婦也在山裡面走丟了……」

朱武問道：「找到了嗎？」

「我們十幾個人找了好幾天好幾夜，終於又在那個找到老母豬的山洞裡把她給找著了，因爲又很晚了，於是我們只好又生了一堆火，等待著第二天下山回家，後來大家又覺得非常非常無聊了，於是我們就輪流地上趙老三家的新媳婦，別提多爽了！」陶淵明聲情並茂地講述著回憶著，宋江和一幫頭領也都跟著流著哈喇子。

朱武把嘴角的口水擦掉，羨慕地使勁咽了一口唾沫，忽然問道：「那麼，請問您在這一生當中，有沒有什麼值得您感到悲傷和傷心的事情呢？」

話音剛落，陶淵明的臉色頓時變得不忍回憶，痛苦地顫抖著手把煙頭緩緩掐掉，深陷的眼窩中頓時滾出了兩滴渾濁的老淚，嘴唇哆嗦了好幾下，沈默了好久，他用悲傷的口氣說道：「有一年冬天，我丟了……」

陶淵明話音剛落，只見大家都紛紛低下頭，哇哇地嘔吐起來。

# 孫二娘日記

## 九月二十九　小雨

雨停了，停在那遙遠又遙遠的銀河，
燈熄了，現出那寧靜又寧靜的夜色，
消失了，走出那散文中的芙蓉千朵……

實話實說，其實自己很怕在夜裡思考，因爲太靜了，思緒也太過於馳騁。總會無緣地夢見童年時的那棵大柳樹，那時我還不認識愛情，也不懂得憂鬱，只知道那千朵粉紅色的榕花在夏天來了，冬天又會離開。可惜我不會傷感，卻懂得留戀。唉，那些記憶深處的童年，粉紅色的，飄香的，遙遠的……

也許，在十字坡的童年，才是自己最快樂的時光。

# 征討路的生離死別

最叫我心疼和內疚的，就是時遷兄弟的死。

當時，我正拿著兩把菜刀在敵人軍中亂砍亂殺，突然有一個敵人的小嘍囉偷偷地把一個二踢腳點燃之後塞到了我的腳下，情況極其危急之下，時遷正在戰鬥場面旁邊兒的一顆棗樹上和阮小二、劉唐躲在上面看熱鬧，看見這個二踢腳快要引爆，他突然飛快地從上面跳了下來，撲到了那個大麻炮的上面，用他還不到一米的身高和不到七十斤的體重替我擋住了那個二踢腳，結果，他被炸飛了……

蒼天可鑒，我永遠都會記得他，也會永遠地記得他臨死前的最後一句話：「誰把我推下來的……」

## 水滸傳原文賞析

上皇覽表，嗟歎不已。乃曰：「卿等一百八人，上應星曜，今止有二十七人見存，又辭去了四個，真乃十去其八矣！」隨將聖旨，將這已歿於王事者，正將偏將，各授名爵：正將封為「忠武郎」，偏將封為「義節郎」。如有子孫者，就令赴京，照名承襲官爵；如無子孫者，敕賜立廟，所在享祭。唯有張順顯靈有功，敕封「金華將軍」。僧人魯智深擒獲賊寇有功，善終坐化於大剎，加贈「義烈照暨禪師」。武松對敵有功，傷殘折臂，見於六和寺出家，封「清忠祖師」，賜錢十萬貫，以終天年。已故女將二人：扈三娘加贈「花陽郡夫人」，孫二娘加贈「旌德郡君」。見在朝覲，除先鋒使另封外，正將十員，各授「武節將軍」，諸州統制；偏將十五員，各授「武奕郎」，諸路都統領；管軍管民，省院聽調。女將一員顧大嫂，封授「東源縣君」。

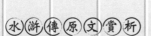

## 十月初二　烏雲轉晴，太陽雨

今天，是攻打方臘最重要的一場戰役，我們上午來到一個叫做南豐城的地方，那裡據說有一個賊人是方臘的得力干將，戶口本上的名字叫做王慶，擅長用口水傷人，據江湖傳言，王慶的口水不但是使用十年未刷的蟲蛀牙齒和口腔來作爲製造兵器，不但臭不可聞，而且還有一種爛蘋果的味道，口水一出，傷人無數。

聽到這個消息後，宋江特地給大家都訂做了一副十二層的超大口罩，專門提防著賊人的威力極大之兵器。快到中午的時候，大隊人馬來到南豐城下，不一會兒，王慶便率隊出來，一見我們的樣子，頓時臉色突變，向後急退三十米，吩咐手下道：「大家小心，這幫人都是SARS患者，小心被他們傳染！」

宋江氣得差點暈倒馬下，一把拉下口罩，大罵道：「你大爺——」

沒想到「爺」字還沒來得及出口，王慶就突然鼓起腮幫子，飛快地吐過一口濃痰來，正中宋江張大的嘴巴，宋江還沒來得及反應，就立刻暈倒在地下。眾人趕緊邊戰

邊退，一邊將他救起，宋江緩緩醒來的第一句話就是：「趕緊去買牙膏牙刷，要中華牌兒，大支裝的！」

下午，王慶繼續叫戰：「宋江，老子的口水味道如何？」

宋江黑著臉說道：「比孫二娘的洗腳水還差點兒……」

昏倒，有一就說一，拉扯我幹嗎？這關我什麼事兒?!

不過誰也沒有想到的是，宋江居然把我的洗腳水給偷偷端了出來，兜頭就向王慶潑去，可憐那王慶到最後暈倒也不知這是什麼暗器，還以爲今天是潑水節，不但沒閃躲，還笑嘻嘻地迎了上去，哼哼，他難道不明白我的洗腳水非同小可嗎?!

後果是，他在零點零零零零一秒的時間內頓時休克，梁山大獲全勝。

最後，爲了表彰我對這次戰役所起的重大作用，梁山大小頭領一致決定：給我買三大包「腳氣靈」，以示獎勵。

暈啊。

## 十月初三　晴天，有小風

# 孫二娘日記

昨天打贏了王慶，大家都非常高興，宋江一激動，決定在今天下午給大家開一個慶祝會的Party，還專門放了最新流行的迪斯可音樂，儘管只是露天的，但還是叫大家很激動，於是，所有的人都上來一起跳，我們愈跳愈興奮，愈跳愈帶勁，愈跳愈好玩兒，最後，魯智深還從四十公里以外的一家娛樂城裡專門買回來一包搖頭丸，大家都吃了一顆，而武松的手太快，把剩下的三十多顆一口吞了下去。

結果，誰也沒想到的是，他吃的那包居然是假藥，吃下去腦袋一點反應也沒有，只有一條胳膊在使勁地不由自主地晃蕩，隨著強勁的音樂聲，隨著時間愈來愈長，可以想像得到的是，武松的那隻可憐的胳膊，就慢慢地軟了下去，愈來愈軟，愈來愈軟……

最後，從醫院做了截肢手術出來的武松哥哥只剩下了一隻胳膊，只見他一臉悲壯地背對夕陽，淡淡的光輝把他的影子打在地上，愈發顯得英雄遲暮，傷感動人，許久，他緩緩地開口說道：「以後，我的名字叫『神雕大俠』，如果你們願意，也可以叫我『獨臂神尼』……」

## 十一月初一　中雨

大雨淅淅瀝瀝地下了一整天。

我的心，也被這滴滴答答的雨點，漸漸地打濕了。

打開日記本，進入夢幻般的文字，也許只有這裡，才沒有如注的大雨。隱約記得林沖對我說過，我不應該寫詩，他也許覺得詩不適合我，因爲我的年齡和我的性格。他是對的，我的詩很低潮，也很落寞。不適合我。

所以我改寫散文，那種也算不上純散文的文字，真的有陽光，有微風，有甜蜜，有快樂，我想武松哥哥會喜歡。

事實上，他確實喜歡。

## 十一月初五　傾盆大雨

今天，是攻打方臘最後的一次戰役，因爲心中實在過於悲痛，我不忍心把當時的場

景再重新在日記裡複述一遍，我只能說，那是一場「曠日持久、轟轟烈烈、口水橫飛、唾沫四濺、昏天黑地、亂七八糟」的一場戰役。

在這場即將解放方臘領地的戰鬥中，梁山弟兄死傷大半，這場戰役的最終結果是：我們拿下了整個持久戰的最終勝利，代價是有許多的兄弟都在這個戰鬥中離我們而去：阮小五走了，張順走了，安道全走了，顧大嫂走了，叫我一直垂涎三丈的花榮也走了，都走了，走得除了留下的，都走了……

這怎麼能不叫我珠淚漣漣？怎麼能不叫我痛苦萬分？怎麼能不叫我傷心難過？怎麼能不叫我怒火沖天？怎麼能不叫我痛恨戰爭、祈禱世界和平！

其中，最叫我心疼和內疚的，就是時遷兄弟的死。

當時，我正拿著兩把菜刀在敵人軍中亂砍亂殺，突然有一個敵人的小嘍囉偷偷地把一個二踢腳點燃之後塞到了我的腳下，情況極其危急之下，時遷正在戰鬥場面旁邊兒的一顆棗樹上和阮小二、劉唐躲在上面看熱鬧，看見這個二踢腳快要引爆，他突然飛快地從上面跳了下來，撲到了那個大麻炮的上面，用他還不到一米的身高和不到七十斤的體重替我擋住了那個二踢腳，結果，他被炸飛了……

蒼天可鑒，我永遠都會記得他，也會永遠地記得他臨死前的最後一句話：「誰把我

# 征討路的生離死別

推下來的……」

就這樣，時遷已經永遠的離開了我們，爲了紀念他，宋江還專門拍了一部電影，名字叫《時遷的一生》，看電影的時候，大家都紛紛表示，非常想念他。特別是他上山時在那面「替天行盜」的大旗下雙拳緊握，宣誓的樣子，我們永遠都會銘刻在心。

安葬他的時候，大家都哭了，耳邊仍然似乎響著他宣誓時的話：「我時遷，生是梁山的人，死是梁山的……死人！不含糊。」

樂和是時遷最好的朋友，他第一個來到時遷的墓碑前，最後一個離開。在寂靜的荒野夜空中，我們正要懷著傷心離去，忽然聽到半空中飄起了樂和的笛子和歌聲，歌聲優美淒涼，委婉動人，聲音綿軟傷感，傳播在漫長的夜裡，也傳散在每個人的心裡：

是誰看了我給你寫的信，
是誰把它疊起，
是誰聽了我唱給你的歌，
是誰把它收起，
是誰見了我灑給你的淚，

是誰把它抹碎，
是誰碰了你留下的情義，
是誰把它吹散在風裡……

樂和的歌聲淒美傷感，柔弱無力，如眼淚一般輕盈欲滴，在那令人悲傷的一刻，我和大家一樣，都默默地哭了。

## 十一月二十　多雲轉晴

今天一早，宋黑臉兒帶著我們去朝廷領賞。長話短說，皇帝小兒趙大屁股賞賜了我們每人一個國際最新流行款的筆記型電腦，另外，還每人獎賞了一套房子，但是水電和煤氣以及寬頻都得我們自己掏錢，唉，真摳門兒。

下午，我們被組織上帶到負責封官的機構裡，大家採取抓鬮的形式，來決定自己的官職，柴進抽到了一個七品芝麻官，吳用則抽到了一個伴讀書童，朱武和阮小二都抽到

了一個知府，扈三娘和李俊則是抽到了一個衙門的捕快，而最想當宰相的宋江，最後抽出來一看，他被抽到了黃沙漫天的內蒙古大草原，去管理一群野羊……

### 臘月初一　晴天，有小風

從朝廷出來後，武松做出了和魯智深一起出家的決定，張青擔著他的化肥跟在他們後面，因爲他的在場，我不好意思和武松哥哥認真地告別，就離開了。宋江和一幫願意當官的人去了各個地方任職，梁山眾人，就這樣天各一方了。臨走前，大家都互相留了電話號碼和通訊地址，相約來年再相見，可誰又能知道，將來的我們，會如何面對今天的一切……

其實，不管我身在何方，也無論滄海桑田，我都會記得在梁山水泊的點點滴滴，都會記得在十字坡的雞毛蒜皮，我也更會記得在征討路上的生離死別，這所有的一切，都是我晚年時最美麗的回憶，也是我後半生改行專職寫作的絕好素材。

更會叫我記得的，是武松哥哥……而他，是我寫作一生的綿延不絕的動力。

# 孫二娘日記

我們行走中遇見的人，都是用來告別和遺忘的。不管愛，還是不愛。

臨走之前，我在心裡默默地喊了他一聲「親愛的」，儘管他只能在將來存在於我的夢中，但是作爲唯一一個叫我心動的人中龍鳳，唯一一個讓我心酸的夢中情人，我會永遠懷念，張青似乎看透了我的心思，勸我說：「二娘，我們要長相廝守，你們，則是相見不如懷念……」

嗚嗚嗚，其實你不懂，我的心……

我又，何嘗能抑制自己的心情。

忽然地又想起了那些往事。心又燒灼一樣地疼，然而這疼也像是鴉片，又引逗著你去想像和回憶那些往事。或者，能看到的東西最多不過如此，那些兄弟和情人的模樣也便是如此了，並不新鮮，自己經歷的故事也回憶過再回憶，繼續回憶下去，味道漸漸地淡著，只有那顆靈魂，也許我足夠庸俗，居然奢談靈魂，然而，只是看到那顆靈魂，在高遠的地方，不肯墜落。

但是，這一生苦苦等待究竟爲了誰？有人告訴我？令人遺憾的是，我連這樣的機會都沒有。

## 臘月二十五　萬里晴空

臨下山的今天上午，我最後一次來到梁山，默默地收拾了所有和回憶有關的物品，帶走了所有的東西，也帶走了對張青、對武松、對所有兄弟的懷念，以及那永生無法磨滅的記憶。這幾年來的喜怒哀樂、生死離別，都一幕幕地出現在了我的面前，有那麼一瞬間，我彷彿又看到了梁山所有的兄弟姐妹，精神百倍地站在聚義廳前，忠義堂內，站在梁山的每一寸土地上，也站在我的內心最深處。

我彷彿又看見張青在挑著白菜匆匆走來，我看見武松提著朴刀血戰沙場，我看見宋江又在揪著時遷的耳朵訓話，我看見李逵和魯智深喝得酩酊大醉，我看見花榮和吳用孤獨而悲涼的身影……他們的身影漸漸在我眼前模糊，不知道是因爲霧氣，還是因爲緩緩而落的眼淚……

不知道什麼時候，有人在門前題了首詩：

**生當鼎食死封侯，男子生平志已酬。**

# 孫二娘日記

鐵馬夜嘶山月曉，玄猿秋嘯暮雲稠。
不須出處求真跡，卻喜忠良作話頭。
千古蓼窪埋玉地，落花啼鳥總關愁……

就在忠義堂前的聖誕鐘聲遠遠敲響之時，我回頭望去，梁山已是一片蒼茫，在這個傷感離別的時刻，我無聲無息地緩緩離去，在天地之色歸爲一統的暮色間，我彷彿看見梁山的鮮血凝於泥土，催發春草無數。夜空中的每一個星星似乎都化作了梁山兄弟的臉龐，他們無不佇立雲層，向我依依惜別。

透過愈來愈絢爛的夜晚上空，我彷彿看見了肥頭大耳的「及時雨」宋江，他正在雲端悲傷地注視著眼前的這個世界，傳說中，梁山就是毀在了他的手中。

# 爆笑版水滸傳——孫二娘日記

作　　者　王小槍

出 版 者　風雲時代出版股份有限公司
出 版 所　風雲時代出版股份有限公司
地　　址　105 台北市民生東路五段 178 號 7 樓之 3
網　　址　http://www.books.com.tw
電子信箱　h7560949@ms15.hinet.net
服務專線　(02) 2756-0949
郵撥帳號　12043291

執行主編　劉宇青
封面設計　蕭麗恩

法律顧問　永然法律事務所　李永然律師
　　　　　北辰著作權事務所　蕭雄淋律師
版權授權　北京共和聯動圖書有限公司

出版日期　2006 年 07 月初版

**定　　價　220 元**

總 經 銷　富育國際股份有限公司
地　　址　台北縣中和市中山路二段366巷10號2樓
電　　話　(02) 8245-7398

**I S B N　986-146-276-7**

行政院新聞局局版台業字第3595號
營利事業統一編號22759935



國家圖書館出版品預行編目資料

爆笑版水滸傳／王小槍著. -- 初版.-- 臺北市：風雲時代，2006〔民95〕
面；　公分.

ISBN 986-146-276-7（平裝）

855　　　　95005460

瀚瀚珍本・盡現風華